Classiques & Contemporains

Collection animée par
Jean-Paul Brighelli et Michel Dobransky

Guy de Maupassant
Les deux Horla

Présentation, notes, questions et après-texte établis par
LAURENCE OLIER
professeur de Lettres

MAGNARD

Sommaire

BIOGRAPHIE DE GUY DE MAUPASSANT

Guy de Maupassant naît le 5 août 1850 à Fécamp. Sa mère, Laure Le Poittevin, romantique passionnée de littérature, déclare sa naissance au château de Miromesnil. Le célèbre Gustave Flaubert, meilleur ami du frère de Laure, fait déjà un peu partie de la famille. Le père, Gustave de Maupassant, est un oisif très attiré par la gent féminine. De violentes disputes éclatent entre les époux qui se séparent en 1860.

À Étretat, où il vit désormais avec sa mère et son frère, Guy lit beaucoup et s'enthousiasme pour la campagne normande et la mer. La rencontre avec l'excentrique poète anglais Swinburne, qu'il sauve de la noyade, lui ouvre les voies du fantastique. Invité chez lui, il découvre une maison pleine d'ossements et une main coupée accrochée au mur, sujet de l'une de ses premières nouvelles fantastiques, *La Main d'écorché.*

Après l'institution ecclésiastique d'Yvetot où il s'ennuie, il est interne au lycée de Rouen de 1868 à 1870. Son correspondant est Louis Bouillet, poète et ami de Flaubert, chez qui il est introduit. Ce sera pour le jeune homme l'occasion incomparable d'apprendre le métier d'écrivain. Après son service militaire, en pleine guerre de 1870, il entame une modeste carrière d'employé de bureau qui se poursuivra neuf ans, d'abord au ministère de la Marine, puis à l'Instruction publique. Sa vie étriquée de fonctionnaire est égayée par ses échappées sur la Seine en yole, à Bougival et à la Grenouillère, où il mène une vie de plaisirs intenses. Il contracte la syphilis, mais refuse de se soigner.

Maupassant écrit des contes sous le regard attentif de Flaubert qui lui interdit de publier avant d'avoir une pleine maîtrise de sa plume. Dans la maison de Croisset, il fréquente les grands noms de la littérature. En 1875, il publie dans une gazette de province *La Main d'écorché* et en 1880, sous l'égide de Zola, il intègre sa nouvelle *Boule de Suif* à un recueil collectif, *Les Soirées de Médan.*

C'est une véritable consécration : désormais, Maupassant vivra de sa plume. La mort de Flaubert, le 8 mai 1880, le marque à jamais. Pendant dix ans, il donne aux journaux plus de trois cent soixante publications en tous genres, qui feront de lui, au prix d'un labeur écrasant, un auteur à succès. Simultanément, il publie six romans (deux autres resteront inachevés). Sa fortune lui permet de voyager sur son yacht, *Le Bel-Ami*, mais un mal-être le ronge. Il se sent seul, il s'ennuie, il souffre depuis longtemps des effets de la syphilis, aggravés par ses nombreux excès. Il s'intéresse aux cas de folie, à l'hypnotisme et suit les cours du professeur Charcot à la Salpêtrière. Son frère, Hervé, est interné à deux reprises pour troubles mentaux.

À partir de 1890, la vie de Maupassant est un calvaire : l'image de la folie le poursuit, son état physique est tel qu'il doit renoncer à écrire. Il tente de se suicider, et est interné à la clinique du docteur Blanche en janvier 1892. Il y meurt le 6 juillet 1893, après de longs mois de délire et d'isolement.

CONTEXTE HISTORIQUE ET CULTUREL DES *DEUX HORLA*

Le contexte scientifique

Dans la seconde moitié du XIXe siècle, la science n'est plus en veine chez les intellectuels car, finalement, elle n'apporte pas le bonheur à l'homme. Pire encore, son « accroissement [...] ne fait qu'accroître ses points de contact avec l'inconnu qui l'environne » (Spencer, *Premiers Principes*, traduits en 1871) ; elle répand l'hypothèse que l'être humain n'est pas le seul maître de l'univers et qu'il peut exister d'autres êtres supérieurs. Les ouvrages de Camille Flammarion, *La Pluralité des mondes habités* (1862) et *Les Terres du ciel* (1877), présentent ces corps étrangers comme imperceptibles à l'œil humain et capables de rendre visite aux terriens dans des soucoupes volantes. Les découvertes de Schiaparelli en 1877 confirment leur existence puisqu'il y aurait des canaux sur la planète Mars. Ces êtres venus d'ailleurs seront toujours considérés comme néfastes pour l'homme, ce que ne manquera pas d'exprimer Maupassant dans *Le Horla* et *L'Homme de Mars*.

S'ajoutent aux désillusions, les théories évolutionnistes de Darwin qui remettent en cause la place de l'homme dans la Création. L'être humain n'est plus qu'une étape dans le long cheminement des espèces animales. Anatole France dans *Les Chroniques du Temps*, de 1889 à 1893, illustre parfaitement la tonalité du scepticisme ambiant et le sentiment de l'universelle relativité : « Notre système solaire tout entier est une géhenne où l'animal naît pour la souffrance et la mort. Nous avons mangé les fruits de l'arbre de la science, et il nous est resté dans la bouche un goût de cendre. »

Le contexte politique

L'écriture fantastique reflète aussi la crise des valeurs collectives de l'après-guerre franco-prussienne de 1870. En septembre, la guerre se conclut sur un terrible siège, la défaite de Sedan, prolongé par les horreurs de la Commune de Paris. De nombreux contes de Maupassant, de *Boule de Suif* à *Mademoiselle Fifi*, évoquent ce conflit si meurtrier – et révélateur – de la petitesse des hommes.

Jules Ferry placera le patriotisme au premier rang des valeurs mais pour certains intellectuels qui avaient vingt ans au moment de la défaite, le militarisme, le colonialisme et toutes les vertus officielles, donc infaillibles, sont à jamais remises en cause.

Le contexte médical

Le développement de la psychopathologie et de la psychiatrie est pour beaucoup dans l'essor d'une nouvelle forme de fantastique. Les travaux de Charcot et ceux de Freud engendrent une fascination pour l'inconnu et l'inexplicable. On assiste à un véritable engouement pour l'étude médicale et psychiatrique des marginaux : leur conduite devient, le plus souvent, le résultat d'une sensibilité ou d'une intelligence supérieures. La norme comportementale devient une notion floue : qu'est-il de plus fou, et de plus criminel qu'une société qui admet la guerre et qui occulte la souffrance de ses membres ? De nombreux titres de Maupassant manifestent cette interrogation sur la normalité : *Fou ?*, *Qui sait ?* ...

Le contexte religieux

On s'éloigne de la religion, la foi chrétienne est exsangue. Dieu est placé au rang des plus grands criminels : l'univers devient absurde, incohérent, privé de cet au-delà vengeur mais finalement rassurant. L'homme du XIXe siècle cesse de croire au Diable, qui devient un personnage fantastique. Puisque le mort n'est plus en compagnie des anges ou des démons, il vient rôder autour des humains sous forme de fantôme, vampire ou loup-garou.

La décadence

Sous l'influence du nihilisme russe d'un Dostoïevski et du pessimisme allemand d'un Schopenhauer naissent des incertitudes et un certain scepticisme. Le monde devient le lieu de l'illusion et les rapports humains, une véritable mascarade. Maupassant écrira d'ailleurs à Flaubert le 26 décembre 1878 : « Je vois des choses farces, farces, farces, et d'autres qui sont tristes, tristes, tristes, en somme tout le monde est bête, bête, bête, ici comme ailleurs. » (*Correspondances*).

Un climat d'instabilité engendre un véritable ennui de vivre exprimé par quelques-uns des titres les plus célèbres de l'époque : *À vau-l'eau* de Huysmans, *Fleurs d'ennui* de Loti, *Complaintes* de Laforgue. Paul Bourget illustre parfaitement l'esprit décadent dans le journal *Le Gaulois* du 9 mars 1882 :

« Derniers bâtards d'un siècle enragé, jeunes hommes

Qui voyons tout crouler de ce qui fut jadis, [...]

Sceptiques sans passé, peuple morne et bizarre

De blasés qui n'ont pas vécu, que sommes-nous,
Sinon de dangereux et de malheureux fous ? »

Incapables, pour la plupart d'entre eux, d'aucune volonté de changement, les décadents tentent de relever la platitude de l'existence par des débauches de toutes espèces, drogue ou sadisme... On relève aussi une certaine prédilection pour le morbide et l'occultisme. Maupassant écrira à propos de Swinburne, poète sensuel et dépravé et épris de magie : « Pourquoi ce névrosé m'apparaît-il comme le seul homme intelligent, sage, ingénieux, vraiment idéaliste et poète de l'univers, s'il existait ? » (*Gil Blas* du 10 juin 1884).

La culture des perversions et de la drogue introduit les écrivains de la décadence dans le monde du paranormal. La recherche de l'étrange ouvre donc la voie au fantastique qui est le genre par excellence de la rupture dans l'édifice mental d'une époque.

Contexte de parution de l'œuvre

La première version du *Horla* a été publiée en 1886 dans le journal *Gil Blas*, mais le thème du conte est déjà esquissé dans la *Lettre d'un fou* publiée en février 1885.

En 1887, la seconde version paraît en même temps dans la presse et dans un recueil du même titre (comprenant deux nouvelles : *Le Horla* et *L'Auberge*). La stratégie commerciale n'est pas étrangère à cette pratique, le succès de la publication dans le journal devant assurer le succès du livre. De même, l'ajout de certains épisodes (notamment l'excursion du Mont-Saint-Michel et la séance d'hypnose à Paris) était censé rencontrer la faveur du public. La nouvelle de 1887 eut un grand succès.

RÉSUMÉ DES *DEUX HORLA*

La version de 1886

Un célèbre aliéniste présente à ses confrères le cas d'un de ses malades. Ce dernier paraît et raconte. Il habite une grande demeure au bord de la Seine. Excité depuis un an, il est soigné au bromure de potassium et aux douches. Il éprouve la sensation d'un poids écrasant sur la poitrine et maigrit. Son cocher est atteint des mêmes symptômes. Sa carafe se vide toute seule et après s'être livré à diverses expériences, il aboutit à cette conclusion effarante : quelqu'un est près de lui toutes les nuits. Il voudrait expliquer calmement son angoisse à son auditoire. Il reprend : un voisin est atteint. Un jour, il voit une rose de son jardin se casser toute seule et s'élever en l'air, comme cueillie par une main. Le 20 juillet, se confirme la présence de cette force ennemie : son reflet disparaît du miroir au profit d'une espèce de « nappe d'eau » vivante qu'il baptisera « le Horla ». Effrayé, il se réfugie aussitôt dans cette maison de santé. L'épidémie se déclare dans son entourage. Alors le malade s'interroge : ne serait-ce pas le signe de l'arrivée sur terre de celui qui remplacera l'homme ? La lecture du journal de Rio de Janeiro confirmera ses propos. À la fin de son récit, le docteur Marrande avoue être, lui aussi, en proie au doute.

La version de 1887

Cette version adopte une forme qui convient à l'étude clinique de l'intérieur et au récit d'une dissolution : le journal intime. Le manuscrit commence le 8 mai et s'interrompt brusquement le 10 septembre, comme si le narrateur avait sombré dans la folie. Le héros est d'abord étendu sous le grand arbre de sa demeure et regarde passer les bateaux sur la Seine. Mais dès le 12 mai, le tremblement de la fièvre s'empare de lui. Lors d'un terrible cauchemar, il se sent menacé par un « Être ». Pour échapper à sa hantise, il visite le Mont-Saint-Michel où il discute avec un moine. Mais l'eau, le sable, le vent ainsi que les propos du religieux confirment l'existence chez les hommes d'une croyance en l'inexplicable. Revenu chez lui, il a l'impression que « l'on boit [sa] vie » ; cette fois, même son esprit s'évade des limites de la logique ; le ton haché et affolé exprime l'introduction du flou dans sa raison. Son voyage à Paris apporte la preuve qu'un fluide agit sur les hommes (le magnétisme) et annonce le thème du double menaçant lors de la séance d'hypnose à laquelle il assiste. Début août, une brève accalmie se produit. Mais après l'épisode de la rose cassée, après avoir envisagé chez lui une lésion cérébrale, il se rend à l'évidence : « Quelqu'un possède [son] âme et la gouverne ! » Le 19 août, il apprend dans une revue scientifique que des êtres invisibles vampirisent la population brésilienne et le soir même, il fait l'expérience de la glace vide. Seul, il tend un piège au Horla, l'enferme et met le feu à sa demeure. Mais le Horla aura survécu à la flamme : à lui de renoncer, en se tuant.

Guy de Maupassant

Les deux Horla

Le Horla

(1886)

Le docteur Marrande, le plus illustre et le plus éminent des aliénistes[1], avait prié trois de ses confrères et quatre savants, s'occupant de sciences naturelles, de venir passer une heure chez lui, dans la maison de santé qu'il dirigeait, pour leur montrer un de ses malades.

Aussitôt que ses amis furent réunis, il leur dit : « Je vais vous soumettre le cas le plus bizarre et le plus inquiétant que j'aie jamais rencontré. D'ailleurs, je n'ai rien à vous dire de mon client. Il parlera lui-même. » Le docteur alors sonna. Un domestique fit entrer un homme. Il était fort maigre, d'une maigreur de cadavre, comme sont maigres certains fous que ronge une pensée, car la pensée malade dévore la chair du corps plus que la fièvre ou la phtisie[2].

Ayant salué et s'étant assis, il dit :

– Messieurs, je sais pourquoi on vous a réunis ici et je suis prêt à vous raconter mon histoire, comme m'en a prié mon ami le docteur Marrande. Pendant longtemps il m'a cru fou. Aujourd'hui il doute. Dans quelque temps, vous saurez tous que j'ai l'esprit aussi sain, aussi lucide, aussi clairvoyant que les vôtres, malheureusement pour moi, et pour vous, et pour l'humanité tout entière.

Mais je veux commencer par les faits eux-mêmes, par les faits tout simples. Les voici :

---

1. Le plus grand des psychiatres ; à l'époque, le docteur Jean Martin Charcot, aliéniste à la Salpêtrière, est au sommet de sa gloire et Maupassant est effectivement assidu à ses cours.
2. Tuberculose pulmonaire qui engendre l'amaigrissement et le dépérissement du malade.

J'ai quarante-deux ans. Je ne suis pas marié, ma fortune est suffisante pour vivre avec un certain luxe. Donc j'habitais une propriété sur les bords de la Seine, à Biessard[1], auprès de Rouen. J'aime la chasse et la pêche. Or, j'avais derrière moi, au-dessus des grands rochers qui dominaient ma maison, une des plus belles forêts de France, celle de Roumare[2], et devant moi un des plus beaux fleuves du monde.

Ma demeure est vaste, peinte en blanc à l'extérieur, jolie, ancienne, au milieu d'un grand jardin planté d'arbres magnifiques et qui monte jusqu'à la forêt, en escaladant les énormes rochers dont je vous parlais tout à l'heure.

Mon personnel se compose, ou plutôt se composait d'un cocher, d'un jardinier, un valet de chambre, une cuisinière et une lingère qui était en même temps une espèce de femme de charge. Tout ce monde habitait chez moi depuis dix à seize ans, me connaissait, connaissait ma demeure, le pays, tout l'entourage de ma vie. C'étaient de bons et tranquilles serviteurs. Cela importe pour ce que je vais dire.

J'ajoute que la Seine, qui longe mon jardin, est navigable jusqu'à Rouen, comme vous le savez sans doute ; et que je voyais passer chaque jour de grands navires soit à voiles, soit à vapeur, venant de tous les coins du monde[3].

---

1. Hameau proche de Croisset, lieu de résidence de Flaubert.
2. Elle commence aux abords de Croisset et de Biessard.
3. Maupassant se réfère à ce qui s'est passé en 1884, lors d'une épidémie de choléra : des vaisseaux anglais servaient de relais aux navires mis en quarantaine et entraient notamment au Havre, le port le plus proche.

Donc, il y a eu un an l'automne dernier, je fus pris tout à coup de malaises bizarres et inexplicables. Ce fut d'abord une sorte d'inquiétude nerveuse qui me tenait en éveil des nuits entières, une telle surexcitation que le moindre bruit me faisait tressaillir. Mon humeur s'aigrit. J'avais des colères subites inexplicables. J'appelai un médecin qui m'ordonna du bromure de potassium[1] et des douches.

Je me fis donc doucher matin et soir, et je me mis à boire du bromure. Bientôt, en effet, je recommençai à dormir, mais d'un sommeil plus affreux que l'insomnie. À peine couché, je fermais les yeux et m'anéantissais. Oui, je tombais dans le néant, dans un néant absolu, dans une mort de l'être entier dont j'étais tiré brusquement, horriblement, par l'épouvantable sensation d'un poids écrasant sur ma poitrine, et d'une bouche qui mangeait ma vie, sur ma bouche. Oh ! ces secousses-là ! je ne sais rien de plus épouvantable.

Figurez-vous un homme qui dort, qu'on assassine, et qui se réveille avec un couteau dans la gorge ; et qui râle couvert de sang, et qui ne peut plus respirer, et qui va mourir, et qui ne comprend pas – voilà !

Je maigrissais d'une façon inquiétante, continue ; et je m'aperçus soudain que mon cocher, qui était fort gros, commençait à maigrir comme moi.

Je lui demandai enfin :

---

1. Sédatif puissant ; calmant pour soigner les maladies nerveuses.

– Qu'avez-vous donc, Jean ? Vous êtes malade.

Il répondit :

– Je crois bien que j'ai gagné la même maladie que Monsieur. C'est mes nuits qui perdent mes jours.

Je pensai donc qu'il y avait dans la maison une influence fiévreuse due au voisinage du fleuve et j'allais m'en aller pour deux ou trois mois, bien que nous fussions en pleine saison de chasse, quand un petit fait très bizarre, observé par hasard, amena pour moi une telle suite de découvertes invraisemblables, fantastiques, effrayantes, que je restai.

Ayant soif un soir, je bus un demi-verre d'eau et je remarquai que ma carafe, posée sur la commode en face de mon lit, était pleine jusqu'au bouchon de cristal.

J'eus, pendant la nuit, un de ces sommeils affreux dont je viens de vous parler. J'allumai ma bougie, en proie à une épouvantable angoisse, et, comme je voulus boire de nouveau, je m'aperçus avec stupeur que ma carafe était vide. Je n'en pouvais croire mes yeux. Ou bien on était entré dans ma chambre, ou bien j'étais somnambule.

Le soir suivant, je voulus faire la même épreuve. Je fermai donc ma porte à clef pour être certain que personne ne pourrait pénétrer chez moi. Je m'endormis et me réveillai comme chaque nuit. On avait bu toute l'eau que j'avais vue deux heures plus tôt.

Qui avait bu cette eau ? Moi, sans doute, et pourtant je me croyais sûr, absolument sûr, de n'avoir pas fait un mouvement dans mon sommeil profond et douloureux.

Alors, j'eus recours à des ruses pour me convaincre que je n'accomplissais point ces actes inconscients. Je plaçai un soir, à côté de la carafe, une bouteille de vieux bordeaux, une tasse de lait dont j'ai horreur, et des gâteaux au chocolat que j'adore.

Le vin et les gâteaux demeurèrent intacts. Le lait et l'eau disparurent. Alors, chaque jour, je changeai les boissons et les nourritures. Jamais *on* ne toucha aux choses solides, compactes, et *on* ne but, en fait de liquide, que du laitage frais et de l'eau surtout.

Mais ce doute poignant restait dans mon âme. N'était-ce pas moi qui me levais sans en avoir conscience, et qui buvais même les choses détestées, car mes sens engourdis par le sommeil somnambulique pouvaient être modifiés, avoir perdu leurs répugnances ordinaires et acquis des goûts différents ?

Je me servis alors d'une ruse nouvelle contre moi-même. J'enveloppai tous les objets auxquels il fallait infailliblement toucher avec des bandelettes de mousseline blanche et je les recouvris encore avec une serviette de batiste[1].

Puis, au moment de me mettre au lit, je me barbouillai les mains, les lèvres et les moustaches avec de la mine de plomb.

À mon réveil, tous les objets étaient demeurés immaculés bien qu'on y eût touché, car la serviette n'était point posée comme je l'avais mise ; et, de plus, on avait bu de l'eau et du lait. Or ma porte fermée avec une clef de sûreté et mes volets cadenassés n'avaient pu laisser pénétrer personne.

---

1. Toile de lin très fine.

Alors, je me posai cette redoutable question : qui donc était là, toutes les nuits, près de moi ?

Je sens, messieurs, que je vous raconte cela trop vite. Vous souriez, votre opinion est déjà faite : « C'est un fou. » J'aurais dû vous décrire longuement cette émotion d'un homme qui, enfermé chez lui, l'esprit sain, regarde, à travers le verre d'une carafe, un peu d'eau disparue pendant qu'il a dormi. J'aurais dû vous faire comprendre cette torture renouvelée chaque soir et chaque matin, et cet invincible sommeil, et ces réveils plus épouvantables encore.

Mais je continue.

Tout à coup le miracle cessa. *On* ne touchait plus à rien dans ma chambre. C'était fini. J'allais mieux, d'ailleurs. La gaieté me revenait, quand j'appris qu'un de mes voisins, M. Legite, se trouvait exactement dans l'état où j'avais été moi-même. Je crus de nouveau à une influence fiévreuse dans le pays. Mon cocher m'avait quitté depuis un mois, fort malade.

L'hiver était passé, le printemps commençait. Or, un matin, comme je me promenais près de mon parterre de rosiers, je vis, je vis distinctement, tout près de moi, la tige d'une des plus belles roses se casser comme si une main invisible l'eût cueillie ; puis la fleur suivit la courbe qu'aurait décrite un bras en la portant vers une bouche, et resta suspendue dans l'air transparent, toute seule, immobile, effrayante, à trois pas de mes yeux.

Saisi d'une épouvante folle, je me jetai sur elle pour la saisir. Je ne trouvai rien. Elle avait disparu. Alors, je fus pris d'une colère furieuse contre moi-même. Il n'est pas permis à un homme raisonnable et sérieux d'avoir de pareilles hallucinations!

Mais était-ce bien une hallucination ? Je cherchai la tige. Je la retrouvai immédiatement sur l'arbuste, fraîchement cassée, entre deux autres roses demeurées sur la branche ; car elles étaient trois que j'avais vues parfaitement.

Alors je rentrai chez moi, l'âme bouleversée. Messieurs, écoutez-moi, je suis calme ; je ne croyais pas au surnaturel, je n'y crois pas même aujourd'hui ; mais, à partir de ce moment-là, je fus certain, certain comme du jour et de la nuit, qu'il existait près de moi un être invisible qui m'avait hanté, puis m'avait quitté, et qui revenait.

Un peu plus tard j'en eus la preuve.

Entre mes domestiques d'abord éclataient tous les jours des querelles furieuses pour mille causes futiles en apparence, mais pleines de sens pour moi désormais.

Un verre, un beau verre de Venise, se brisa tout seul, sur le dressoir de ma salle à manger, en plein jour.

Le valet de chambre accusa la cuisinière, qui accusa la lingère, qui accusa je ne sais qui.

Des portes fermées le soir étaient ouvertes le matin. On volait du lait, chaque nuit, dans l'office. – Ah!

Quel était-il ? De quelle nature ? Une curiosité énervée, mêlée de colère et d'épouvante, me tenait jour et nuit dans un état d'extrême agitation.

Mais la maison redevint calme encore une fois ; et je croyais de nouveau à des rêves quand il se passa la chose suivante :

C'était le 20 juillet, à neuf heures du soir. Il faisait très chaud ; j'avais laissé ma fenêtre toute grande ouverte, ma lampe allumée sur ma table, éclairant un volume de Musset ouvert à la *Nuit de mai*[1] ; et je m'étais étendu dans un grand fauteuil où je m'endormis.

Or, ayant dormi environ quarante minutes, je rouvris les yeux, sans faire un mouvement, réveillé par je ne sais quelle émotion confuse et bizarre. Je ne vis rien d'abord, puis tout à coup il me sembla qu'une page du livre venait de tourner toute seule. Aucun souffle d'air n'était entré par la fenêtre. Je fus surpris ; et j'attendis. Au bout de quatre minutes environ, je vis, je vis, oui, je vis, messieurs, de mes yeux, une autre page se soulever et se rabattre sur la précédente comme si un doigt l'eût feuilletée.

Mon fauteuil semblait vide, mais je compris qu'il était là, *lui* ! Je traversai ma chambre d'un bond pour le prendre, pour le toucher, pour le saisir, si cela se pouvait... Mais mon siège, avant que je l'eusse atteint, se renversa comme si on eût fui devant moi ; ma lampe aussi tomba et s'éteignit, le verre brisé ; et ma fenêtre, brusquement poussée comme si un malfaiteur l'eût saisie en se sauvant, alla frapper sur son arrêt... Ah !...

Je me jetai sur la sonnette et j'appelai. Quand mon valet de chambre parut, je lui dis :

---

1. *La Nuit de mai* raconte les souffrances du créateur.

– J'ai tout renversé et tout brisé. Donnez-moi de la lumière.

Je ne dormis plus cette nuit-là. Et cependant j'avais pu encore être le jouet d'une illusion. Au réveil les sens demeurent troubles. N'était-ce pas moi qui avais jeté bas mon fauteuil et ma lumière en me précipitant comme un fou ?

Non ce n'était pas moi ! Je le savais à n'en point douter une seconde. Et cependant je voulais croire.

Attendez. L'Être ! Comment le nommerai-je ? L'Invisible. Non, cela ne suffit pas. Je l'ai baptisé le Horla. Pourquoi ? Je ne sais point. Donc le Horla ne me quittait plus guère. J'avais jour et nuit la sensation, la certitude de la présence de cet insaisissable voisin, et la certitude aussi qu'il prenait ma vie, heure par heure, minute par minute.

L'impossibilité de le voir m'exaspérait et j'allumais toutes les lumières de mon appartement, comme si j'eusse pu, dans cette clarté, le découvrir.

Je le vis, enfin.

Vous ne me croyez pas. Je l'ai vu cependant.

J'étais assis devant un livre quelconque, ne lisant pas, mais guettant, avec tous mes organes surexcités, guettant celui que je sentais près de moi. Certes, il était là. Mais où ? Que faisait-il ? Comment l'atteindre ?

En face de moi mon lit, un vieux lit de chêne à colonnes. À droite ma cheminée. À gauche ma porte que j'avais fermée avec soin. Derrière moi une très grande armoire à glace qui me servait chaque jour pour me raser, pour m'habiller, où j'avais coutume de me regarder de la tête aux pieds chaque fois que je passais devant.

Donc je faisais semblant de lire, pour le tromper, car il m'épiait lui aussi ; et soudain je sentis, je fus certain qu'il lisait par-dessus mon épaule, qu'il était là, frôlant mon oreille.

Je me dressai, en me tournant si vite que je faillis tomber. Eh bien !... On y voyait comme en plein jour... et je ne me vis pas dans la glace ! Elle était vide, claire, pleine de lumière. Mon image n'était pas dedans... Et j'étais en face... Je voyais le grand verre limpide du haut en bas ! Et je regardais cela avec des yeux affolés, et je n'osais plus avancer, sentant bien qu'il se trouvait entre nous, lui, et qu'il m'échapperait encore, mais que son corps imperceptible avait absorbé mon reflet.

Comme j'eus peur ! Puis voilà que tout à coup je commençai à m'apercevoir dans une brume au fond du miroir, dans une brume comme à travers une nappe d'eau ; et il me semblait que cette eau glissait de gauche à droite, lentement, rendant plus précise mon image de seconde en seconde. C'était comme la fin d'une éclipse. Ce qui me cachait ne paraissait point posséder de contours nettement arrêtés, mais une sorte de transparence opaque s'éclaircissant peu à peu.

Je pus enfin me distinguer complètement ainsi que je fais chaque jour en me regardant.

Je l'avais vu. L'épouvante m'en est restée qui me fait encore frissonner.

Le lendemain j'étais ici, où je priai qu'on me gardât.

Maintenant, messieurs, je conclus.

Le docteur Marrande, après avoir longtemps douté, se décida à faire, seul, un voyage dans mon pays.

Trois de mes voisins, à présent, sont atteints comme je l'étais. Est-ce vrai ?

Le médecin répondit : « C'est vrai. »

Vous leur avez conseillé de laisser de l'eau et du lait chaque nuit dans leur chambre pour voir si ces liquides disparaîtraient. Ils l'ont fait. Ces liquides ont-ils disparu comme chez moi ?

Le médecin répondit avec une gravité solennelle : « Ils ont disparu. »

Donc, messieurs, un Être, un Être nouveau, qui sans doute se multipliera bientôt comme nous nous sommes multipliés, vient d'apparaître sur la terre.

Ah ! Vous souriez ! Pourquoi ? Parce que cet Être demeure invisible. Mais notre œil, messieurs, est un organe tellement élémentaire qu'il peut distinguer à peine ce qui est indispensable à notre existence. Ce qui est trop petit lui échappe, ce qui est trop grand lui échappe, ce qui est trop loin lui échappe. Il ignore les milliards de petites bêtes qui vivent dans une goutte d'eau. Il ignore les habitants, les plantes et le sol des étoiles voisines ; il ne voit pas même le transparent.

Placez devant lui une glace sans tain parfaite, il ne la distinguera pas et nous jettera dessus, comme l'oiseau pris dans une maison qui se casse la tête aux vitres. Donc, il ne voit pas les corps solides et transparents qui existent pourtant ; il ne voit pas l'air dont nous nous nourrissons, ne voit pas le vent qui est la plus grande force de la nature, qui renverse les hommes, abat les édifices, déracine les arbres, soulève la mer en montagnes d'eau qui font crouler les falaises de granit.

Quoi d'étonnant à ce qu'il ne voie pas un corps nouveau, à qui manque sans doute la seule propriété d'arrêter les rayons lumineux.

Apercevez-vous l'électricité ? Et cependant elle existe !

Cet être, que j'ai nommé le Horla, existe aussi.

Qui est-ce ? Messieurs, c'est celui que la terre attend, après l'homme ! Celui qui vient nous détrôner, nous asservir, nous dompter, et se nourrir de nous peut-être, comme nous nous nourrissons des bœufs et des sangliers.

Depuis des siècles, on le pressent, on le redoute et on l'annonce ! La peur de l'Invisible a toujours hanté nos pères.

Il est venu.

Toutes les légendes des fées, des gnomes[1], des rôdeurs de l'air insaisissables et malfaisants, c'était de lui qu'elles parlaient, de lui pressenti par l'homme inquiet et tremblant déjà.

Et tout ce que vous faites vous-mêmes, messieurs, depuis quelques ans, ce que vous appelez l'hypnotisme, la suggestion, le magnétisme[2] – c'est lui que vous annoncez, que vous prophétisez !

Je vous dis qu'il est venu. Il rôde, inquiet lui-même comme les premiers hommes, ignorant encore sa force et sa puissance qu'il connaîtra bientôt, trop tôt.

---

1. Petits génies difformes, sorte d'esprits.
2. Pratiques nouvelles et très en vogue du temps de Maupassant. Mises en œuvre respectivement par Charcot (au XIXe siècle) et Mesmer (au XVIIIe siècle), ces pratiques procèdent de l'engourdissement ou de l'abolition de la volonté pour soigner certaines maladies mentales.

Et voici, messieurs, pour finir, un fragment de journal qui m'est tombé sous la main et qui vient de Rio de Janeiro. Je lis : « Une sorte d'épidémie de folie semble sévir depuis quelque temps dans la province de São Paulo. Les habitants de plusieurs villages se sont sauvés, abandonnant leurs terres et leurs maisons et se prétendent poursuivis et mangés par des vampires invisibles qui se nourrissent de leur souffle pendant leur sommeil et qui ne boiraient, en outre, que de l'eau, et quelquefois du lait ! »[1]

J'ajoute : quelques jours avant la première atteinte du mal dont j'ai failli mourir, je me rappelle parfaitement avoir vu passer un grand trois-mâts brésilien avec son pavillon déployé... Je vous ai dit que ma maison est au bord de l'eau... Toute blanche... Il était caché sur ce bateau sans doute...

Je n'ai plus rien à ajouter, messieurs.

Le docteur Marrande se leva et murmura :

– Moi non plus. Je ne sais si cet homme est fou ou si nous le sommes tous les deux..., ou si... si notre successeur est réellement arrivé...

---

1. Cette référence est imaginaire, mais une épidémie a bien déclenché des mouvements de panique en 1884.

Le Horla

(1887)

8 mai. – Quelle journée admirable ! J'ai passé toute la matinée étendu sur l'herbe, devant ma maison, sous l'énorme platane qui la couvre, l'abrite et l'ombrage tout entière. J'aime ce pays, et j'aime y vivre parce que j'y ai mes racines, ces profondes et délicates racines, qui attachent un homme à la terre où sont nés et morts ses aïeux, qui l'attachent à ce qu'on pense et à ce qu'on mange, aux usages comme aux nourritures, aux locutions locales, aux intonations des paysans, aux odeurs du sol, des villages et de l'air lui-même.

J'aime ma maison où j'ai grandi. De mes fenêtres je vois la Seine qui coule, le long de mon jardin, derrière la route, presque chez moi, la grande et large Seine, qui va de Rouen au Havre, couverte de bateaux qui passent.

À gauche, là-bas, la vaste ville aux toits bleus, sous le peuple pointu des clochers gothiques. Ils sont innombrables, frêles ou larges, dominés par la flèche de fonte de la cathédrale, et pleins de cloches qui sonnent dans l'air bleu des belles matinées, jetant jusqu'à moi leur doux et lointain bourdonnement de fer, leur chant d'airain[1] que la brise m'apporte, tantôt plus fort et tantôt plus affaibli, suivant qu'elle s'éveille ou s'assoupit.

Comme il fait bon ce matin !

Vers onze heures, un long convoi de navires, traînés par un remorqueur, gros comme une mouche, et qui râlait de peine en vomissant une fumée épaisse, défila devant ma grille.

---

1. De bronze.

Après deux goélettes[1] anglaises, dont le pavillon rouge ondoyait sur le ciel, venait un superbe trois-mâts brésilien, tout blanc, admirablement propre et luisant. Je le saluai, je ne sais pourquoi, tant ce navire me fit plaisir à voir.

12 mai. – J'ai un peu de fièvre depuis quelques jours ; je me sens souffrant, ou plutôt je me sens triste.

D'où viennent ces influences mystérieuses qui changent en découragement notre bonheur et notre confiance en détresse ? On dirait que l'air, l'air invisible est plein d'inconnaissables Puissances, dont nous subissons les voisinages mystérieux. Je m'éveille plein de gaieté, avec des envies de chanter dans la gorge. – Pourquoi ? – Je descends le long de l'eau ; et soudain, après une courte promenade, je rentre désolé, comme si quelque malheur m'attendait chez moi. – Pourquoi ? – Est-ce un frisson de froid qui, frôlant ma peau, a ébranlé mes nerfs et assombri mon âme ? Est-ce la forme des nuages, ou la couleur du jour, la couleur des choses, si variable, qui, passant par mes yeux, a troublé ma pensée ? Sait-on ? Tout ce qui nous entoure, tout ce que nous voyons sans le regarder, tout ce que nous frôlons sans le connaître, tout ce que nous touchons sans le palper, tout ce que nous rencontrons sans le distinguer, a sur nous, sur nos organes et, par eux, sur nos idées, sur notre cœur lui-même, des effets rapides, surprenants et inexplicables ?

---

1. Bâtiments légers à deux mâts et à voiles en forme de quadrilatères.

Comme il est profond, ce mystère de l'Invisible ! Nous ne le pouvons sonder avec nos sens misérables, avec nos yeux qui ne savent apercevoir ni le trop petit, ni le trop grand, ni le trop près, ni le trop loin, ni les habitants d'une étoile, ni les habitants d'une goutte d'eau... avec nos oreilles qui nous trompent, car elles nous transmettent les vibrations de l'air en notes sonores. Elles sont des fées qui font ce miracle de changer en bruit ce mouvement et par cette métamorphose donnent naissance à la musique, qui rend chantante l'agitation muette de la nature... avec notre odorat, plus faible que celui du chien... avec notre goût, qui peut à peine discerner l'âge d'un vin !

Ah ! si nous avions d'autres organes qui accompliraient en notre faveur d'autres miracles, que de choses nous pourrions découvrir encore autour de nous !

16 mai. – Je suis malade, décidément ! Je me portais si bien le mois dernier ! J'ai la fièvre, une fièvre atroce, ou plutôt un énervement fiévreux, qui rend mon âme aussi souffrante que mon corps. J'ai sans cesse cette sensation affreuse d'un danger menaçant, cette appréhension d'un malheur qui vient ou de la mort qui approche, ce pressentiment qui est sans doute l'atteinte d'un mal encore inconnu, germant dans le sang et dans la chair.

18 mai. – Je viens d'aller consulter mon médecin, car je ne pouvais plus dormir. Il m'a trouvé le pouls rapide, l'œil dilaté, les nerfs vibrants, mais sans aucun symptôme alarmant. Je dois me soumettre aux douches et boire du bromure de potassium.

25 mai. – Aucun changement ! Mon état, vraiment, est bizarre. À mesure qu'approche le soir, une inquiétude incompréhensible m'envahit, comme si la nuit cachait pour moi une menace terrible. Je dîne vite, puis j'essaye de lire ; mais je ne comprends pas les mots ; je distingue à peine les lettres. Je marche alors dans mon salon de long en large, sous l'oppression d'une crainte confuse et irrésistible, la crainte du sommeil et la crainte du lit.

Vers dix heures, je monte dans ma chambre. À peine entré, je donne deux tours de clef, et je pousse les verrous ; j'ai peur... de quoi ? Je ne redoutais rien jusqu'ici... j'ouvre mes armoires, je regarde sous mon lit ; j'écoute... j'écoute... quoi ?... Est-ce étrange qu'un simple malaise, un trouble de la circulation peut-être, l'irritation d'un filet nerveux, un peu de congestion[1], une toute petite perturbation dans le fonctionnement si imparfait et si délicat de notre machine vivante, puisse faire un mélancolique du plus joyeux des hommes, et un poltron du plus brave ? Puis, je me couche, et j'attends le sommeil comme on attendrait le bourreau. Je l'attends avec l'épouvante de sa venue, et mon cœur bat, et mes jambes frémissent ; et tout mon corps tressaille dans la chaleur des draps, jusqu'au moment où je tombe tout à coup dans le repos, comme on tomberait pour s'y

1. Afflux de sang dans une partie du corps.

noyer, dans un gouffre d'eau stagnante. Je ne le sens pas venir, comme autrefois, ce sommeil perfide, caché près de moi, qui me guette, qui va me saisir par la tête, me fermer les yeux, m'anéantir.

Je dors – longtemps – deux ou trois heures – puis un rêve – non – un cauchemar m'étreint. Je sens bien que je suis couché et que je dors... je le sens et je le sais... et je sens aussi que quelqu'un s'approche de moi, me regarde, me palpe, monte sur mon lit, s'agenouille sur ma poitrine, me prend le cou entre ses mains et serre... serre... de toute sa force pour m'étrangler.

Moi, je me débats, lié par cette impuissance atroce qui nous paralyse dans les songes ; je veux crier – je ne peux pas ; je veux remuer – je ne peux pas ; j'essaye, avec des efforts affreux, en haletant, de me tourner, de rejeter cet être qui m'écrase et qui m'étouffe – je ne peux pas !

Et soudain, je m'éveille, affolé, couvert de sueur. J'allume une bougie. Je suis seul.

Après cette crise, qui se renouvelle toutes les nuits, je dors enfin, avec calme, jusqu'à l'aurore.

2 juin. – Mon état s'est encore aggravé. Qu'ai-je donc ? Le bromure n'y fait rien ; les douches n'y font rien. Tantôt, pour fatiguer mon corps, si las pourtant, j'allai faire un tour dans la forêt de Roumare. Je crus d'abord que l'air frais, léger et doux, plein d'odeur d'herbes et de feuilles, me versait aux veines un sang nouveau, au cœur une énergie nouvelle. Je pris une grande avenue de chasse, puis je tournai vers La Bouille[1], par une allée étroite, entre deux armées d'arbres démesurément hauts qui mettaient un toit vert, épais, presque noir, entre le ciel et moi.

Un frisson me saisit soudain, non pas un frisson de froid, mais un étrange frisson d'angoisse.

Je hâtai le pas, inquiet d'être seul dans ce bois, apeuré sans raison, stupidement, par la profonde solitude. Tout à coup, il me sembla que j'étais suivi, qu'on marchait sur mes talons, tout près, à me toucher.

Je me retournai brusquement. J'étais seul. Je ne vis derrière moi que la droite et large allée, vide, haute, redoutablement vide ; et de l'autre côté elle s'étendait aussi à perte de vue, toute pareille, effrayante.

Je fermai les yeux. Pourquoi ? Et je me mis à tourner sur un talon, très vite, comme une toupie. Je faillis tomber ; je rouvris les yeux ; les arbres dansaient, la terre flottait ; je dus m'asseoir. Puis, ah ! je ne savais plus par où j'étais venu ! Bizarre idée ! Bizarre ! Bizarre idée ! Je ne savais plus du tout. Je partis par le côté qui se trouvait à ma droite, et je revins dans l'avenue qui m'avait amené au milieu de la forêt.

3 juin. – La nuit a été horrible. Je vais m'absenter pendant quelques semaines. Un petit voyage, sans doute, me remettra.

---

1. Village à l'ouest de Croisset, au bord de la Seine.

2 juillet. – Je rentre. Je suis guéri. J'ai fait d'ailleurs une excursion charmante. J'ai visité le Mont-Saint-Michel[1] que je ne connaissais pas.

Quelle vision, quand on arrive, comme moi à Avranches, vers la fin du jour ! La ville est sur une colline ; et on me conduisit dans le jardin public, au bout de la cité. Je poussai un cri d'étonnement. Une baie démesurée s'étendait devant moi, à perte de vue, entre deux côtes écartées se perdant au loin dans les brumes ; et au milieu de cette immense baie jaune, sous un ciel d'or et de clarté, s'élevait, sombre et pointu, un mont étrange, au milieu des sables. Le soleil venait de disparaître, et sur l'horizon encore flamboyant se dessinait le profil de ce fantastique rocher qui porte sur son sommet un fantastique monument.

Dès l'aurore, j'allai vers lui. La mer était basse, comme la veille au soir, et je regardais se dresser devant moi, à mesure que j'approchais d'elle, la surprenante abbaye. Après plusieurs heures de marche, j'atteignis l'énorme bloc de pierres qui porte la petite cité dominée par la grande église. Ayant gravi la rue étroite et rapide, j'entrai dans la plus admirable demeure gothique construite pour Dieu sur la terre, vaste comme une ville, pleine de salles basses écrasées sous des voûtes et de hautes galeries que soutiennent de frêles colonnes. J'entrai dans ce gigantesque bijou de granit, aussi léger qu'une dentelle, couvert de tours, de sveltes clochetons, où montent des escaliers tordus,

1. Le Mont-Saint-Michel passionnait l'opinion, car on l'avait cru menacé de disparaître sous l'assaut de la mer et les négligences des hommes.

et qui lancent dans le ciel bleu des jours, dans le ciel noir des nuits, leurs têtes bizarres hérissées de chimères[1], de diables, de bêtes fantastiques, de fleurs monstrueuses, et reliés l'un à l'autre par de fines arches ouvragées.

Quand je fus sur le sommet, je dis au moine qui m'accompagnait : « Mon père, comme vous devez être bien ici ! »

Il répondit : « Il y a beaucoup de vent, monsieur » ; et nous nous mîmes à causer en regardant monter la mer, qui courait sur le sable et le couvrait d'une cuirasse d'acier.

Et le moine me conta des histoires, toutes les vieilles histoires de ce lieu, des légendes, toujours des légendes.

Une d'elles me frappa beaucoup. Les gens du pays, ceux du mont, prétendent qu'on entend parler la nuit dans les sables, puis qu'on entend bêler deux chèvres, l'une avec une voix forte, l'autre avec une voix faible. Les incrédules affirment que ce sont les cris des oiseaux de mer, qui ressemblent tantôt à des bêlements, et tantôt à des plaintes humaines ; mais les pêcheurs attardés jurent avoir rencontré, rôdant sur les dunes, entre deux marées, autour de la petite ville jetée ainsi loin du monde, un vieux berger, dont on ne voit jamais la tête couverte de son manteau, et qui conduit, en marchant devant eux, un bouc à figure d'homme et une chèvre à figure de femme, tous deux avec de longs cheveux blancs et parlant sans cesse, se querellant dans une langue inconnue, puis cessant soudain de crier pour bêler de toute leur force.

---

1. Monstres fabuleux à tête et au poitrail de lion, au ventre de chèvre, à queue de dragon et crachant des flammes.

Je dis au moine : « Y croyez-vous ? »

Il murmura : « Je ne sais pas. »

Je repris : « S'il existait sur la terre d'autres êtres que nous, comment ne les connaîtrions-nous point depuis longtemps ? Comment ne les auriez-vous pas vus, vous ? Comment ne les aurais-je pas vus, moi ? »

Il répondit : « Est-ce que nous voyons la cent millième partie de ce qui existe ? Tenez, voici le vent, qui est la plus grande force de la nature, qui renverse les hommes, abat les édifices, déracine les arbres, soulève la mer en montagnes d'eau, détruit les falaises, et jette aux brisants les grands navires, le vent qui tue, qui siffle, qui gémit, qui mugit – l'avez-vous vu, et pouvez-vous le voir ? Il existe, pourtant. »

Je me tus devant ce simple raisonnement. Cet homme était un sage ou peut-être un sot. Je ne l'aurais pu affirmer au juste ; mais je me tus. Ce qu'il disait là, je l'avais pensé souvent.

3 juillet. – J'ai mal dormi ; certes, il y a ici une influence fiévreuse, car mon cocher souffre du même mal que moi. En rentrant hier, j'avais remarqué sa pâleur singulière. Je lui demandai :

– Qu'est-ce que vous avez, Jean ?

– J'ai que je ne peux plus me reposer, Monsieur, ce sont mes nuits qui mangent mes jours. Depuis le départ de Monsieur, cela me tient comme un sort.

Les autres domestiques vont bien cependant, mais j'ai grand-peur d'être repris, moi.

○ : connecteurs de temps

4 juillet. – Décidément, je suis repris. Mes cauchemars anciens reviennent. Cette nuit, j'ai senti quelqu'un accroupi sur moi, et qui, sa bouche sur la mienne, buvait ma vie entre mes lèvres. Oui, il la puisait dans ma gorge, comme aurait fait une sangsue. Puis il s'est levé, repu, et moi je me suis réveillé, tellement meurtri, brisé, anéanti, que je ne pouvais plus remuer. Si cela continue encore quelques jours, je repartirai certainement.

5 juillet. – Ai-je perdu la raison ? Ce qui s'est passé, ce que j'ai vu la nuit dernière est tellement étrange, que ma tête s'égare quand j'y songe !

Comme je le fais maintenant chaque soir, j'avais fermé ma porte à clef ; puis, ayant soif, je bus un demi-verre d'eau, et je remarquai par hasard que ma carafe était pleine jusqu'au bouchon de cristal.

Je me couchai ensuite et je tombai dans un de mes sommeils épouvantables, dont je fus tiré au bout de deux heures environ par une secousse plus affreuse encore.

Figurez-vous un homme qui dort, qu'on assassine, et qui se réveille avec un couteau dans le poumon, et qui râle, couvert de sang, et qui ne peut plus respirer, et qui va mourir, et qui ne comprend pas – voilà.

Ayant enfin reconquis ma raison, j'eus soif de nouveau ; j'allumai une bougie et j'allai vers la table où était posée ma carafe. Je la soulevai en la penchant sur mon verre ; rien ne coula.

– Elle était vide ! Elle était vide complètement ! D'abord, je n'y compris rien ; puis, tout à coup, je ressentis une émotion si terrible que je dus m'asseoir, ou plutôt, que je tombai sur une chaise ! Puis, je me redressai d'un saut pour regarder autour de moi ! Puis je me rassis, éperdu d'étonnement et de peur, devant le cristal transparent ! Je le contemplais avec des yeux fixes, cherchant à deviner. Mes mains tremblaient ! On avait donc bu cette eau ? Qui ? Moi ? moi, sans doute ? Ce ne pouvait être que moi ! Alors, j'étais somnambule, je vivais, sans le savoir, de cette double vie mystérieuse qui fait douter s'il y a deux êtres en nous, ou si un être étranger, inconnaissable et invisible, anime, par moments, quand notre âme est engourdie, notre corps captif qui obéit à cet autre, comme à nous-mêmes, plus qu'à nous-mêmes.

Ah ! qui comprendra mon angoisse abominable ? Qui comprendra l'émotion d'un homme, sain d'esprit, bien éveillé, plein de raison, et qui regarde, épouvanté, à travers le verre d'une carafe, un peu d'eau disparue pendant qu'il a dormi ! Et je restai là jusqu'au jour, sans oser regagner mon lit.

6 juillet. – Je deviens fou. On a encore bu toute ma carafe cette nuit ; – ou plutôt, je l'ai bue !

Mais est-ce moi ? Est-ce moi ? Qui serait-ce ? Qui ? Oh ! mon Dieu ! Je deviens fou ! Qui me sauvera ?

10 juillet. – Je viens de faire des épreuves surprenantes.

Décidément, je suis fou ! Et pourtant.

Le 6 juillet, avant de me coucher, j'ai placé sur ma table du vin, du lait, de l'eau, du pain et des fraises.

On a bu – j'ai bu – toute l'eau, et un peu de lait. On n'a touché ni au vin ni aux fraises.

Le 7 juillet, j'ai renouvelé la même épreuve, qui a donné le même résultat.

Le 8 juillet, j'ai supprimé l'eau et le lait. On n'a touché à rien.

Le 9 juillet enfin, j'ai remis sur ma table l'eau et le lait seulement, en ayant soin d'envelopper les carafes en des linges de mousseline blanche et de ficeler les bouchons. Puis, j'ai frotté mes lèvres, ma barbe, mes mains avec de la mine de plomb, et je me suis couché.

L'invincible sommeil m'a saisi, suivi bientôt de l'atroce réveil. Je n'avais point remué ; mes draps eux-mêmes ne portaient pas de taches. Je m'élançai vers ma table. Les linges enfermant les bouteilles étaient demeurés immaculés. Je déliai les cordons, en palpitant de crainte. On avait bu toute l'eau ! On avait bu tout le lait ! Ah ! mon Dieu !...

Je vais partir tout à l'heure pour Paris.

12 juillet. – Paris. J'avais donc perdu la tête les jours derniers ! J'ai dû être le jouet de mon imagination énervée, à moins que je ne sois vraiment somnambule, ou que j'aie subi une de ces influences constatées, mais inexplicables jusqu'ici, qu'on appelle suggestions. En tout cas, mon affolement touchait à la démence, et vingt-quatre heures de Paris ont suffi pour me remettre d'aplomb.

Hier, après des courses et des visites, qui m'ont fait passer dans l'âme de l'air nouveau et vivifiant, j'ai fini ma soirée au Théâtre-Français. On y jouait une pièce d'Alexandre Dumas fils[1] ; et cet esprit alerte et puissant a achevé de me guérir. Certes, la solitude est dangereuse pour les intelligences qui travaillent. Il nous faut autour de nous des hommes qui pensent et qui parlent. Quand nous sommes seuls longtemps, nous peuplons le vide de fantômes.

Je suis rentré à l'hôtel très gai, par les boulevards. Au coudoiement[2] de la foule, je songeais, non sans ironie, à mes terreurs, à mes suppositions de l'autre semaine, car j'ai cru, oui, j'ai cru qu'un être invisible habitait sous mon toit. Comme notre tête est faible et s'effare, et s'égare vite, dès qu'un petit fait incompréhensible nous frappe !

Au lieu de conclure par ces simples mots : « Je ne comprends pas parce que la cause m'échappe », nous imaginons aussitôt des mystères effrayants et des puissances surnaturelles.

14 juillet. – Fête de la République. Je me suis promené par les rues. Les pétards et les drapeaux m'amusaient comme un enfant. C'est pourtant fort bête d'être joyeux, à date fixe, par décret du gouvernement. Le peuple est un troupeau imbécile,

---

1. Il s'agit vraisemblablement de *Denise* reprise à la Comédie-Française le 22 septembre 1886.
2. Contact.

tantôt stupidement patient et tantôt férocement révolté. On lui dit : « Amuse-toi. » Il s'amuse. On lui dit : « Va te battre avec le voisin. » Il va se battre. On lui dit : « Vote pour l'empereur. » Il vote pour l'empereur. Puis, on lui dit : « Vote pour la République. » Et il vote pour la République.

Ceux qui le dirigent sont aussi sots ; mais au lieu d'obéir à des hommes, ils obéissent à des principes, lesquels ne peuvent être que niais, stériles et faux, par cela même qu'ils sont des principes[1], c'est-à-dire des idées réputées certaines et immuables[2], en ce monde où l'on n'est sûr de rien, puisque la lumière est une illusion, puisque le bruit est une illusion.

16 juillet. – J'ai vu hier des choses qui m'ont beaucoup troublé.

Je dînais chez ma cousine, Mme Sablé, dont le mari commande le 76e chasseurs à Limoges. Je me trouvais chez elle avec deux jeunes femmes, dont l'une a épousé un médecin, le docteur Parent, qui s'occupe beaucoup de maladies nerveuses et des manifestations extraordinaires auxquelles donnent lieu en ce moment les expériences sur l'hypnotisme et la suggestion.

Il nous raconta longtemps les résultats prodigieux obtenus par des savants anglais[3] et par les médecins de l'école de Nancy[4].

---

1. Dans son *Dictionnaire des idées reçues*, Flaubert définit ce terme ainsi : « Principes. Toujours discutables ; on ne peut en dire, ni la nature, ni le nombre, n'importe, sont sacrés. »
2. Éternelles.
3. Héritiers des travaux de James Braid qui remontent a 1840.
4. Cette école a été fondée par le Dr Liébault puis reprise à l'époque de Maupassant par le Dr Bernheim. Sa définition et sa pratique de l'hypnose étaient en concurrence avec celles du Dr Charcot de la Salpêtrière.

Les faits qu'il avança me parurent tellement bizarres que je me déclarai tout à fait incrédule.

– Nous sommes, affirmait-il, sur le point de découvrir un des plus importants secrets de la nature, je veux dire un des plus importants secrets sur cette terre ; car elle en a certes d'autrement importants, là-bas, dans les étoiles. Depuis que l'homme pense, depuis qu'il sait dire et écrire sa pensée, il se sent frôlé par un mystère impénétrable pour ses sens grossiers et imparfaits, et il tâche de suppléer, par l'effort de son intelligence, à l'impuissance de ses organes. Quand cette intelligence demeurait encore à l'état rudimentaire, cette hantise des phénomènes invisibles a pris des formes banalement effrayantes. De là sont nées les croyances populaires au surnaturel, les légendes des esprits rôdeurs, des fées, des gnomes, des revenants, je dirai même la légende de Dieu, car nos conceptions de l'ouvrier-créateur, de quelque religion qu'elles nous viennent, sont bien les inventions les plus médiocres, les plus stupides, les plus inacceptables sorties du cerveau apeuré des créatures. Rien de plus vrai que cette parole de Voltaire : « Dieu a fait l'homme à son image, mais l'homme le lui a bien rendu. »

Mais, depuis un peu plus d'un siècle, on semble pressentir quelque chose de nouveau. Mesmer et quelques autres nous ont mis sur une voie inattendue, et nous sommes arrivés vraiment, depuis quatre ou cinq ans surtout, à des résultats surprenants.

Ma cousine, très incrédule aussi, souriait. Le docteur Parent lui dit :

– Voulez-vous que j'essaie de vous endormir, madame ?

– Oui, je veux bien.

Elle s'assit dans un fauteuil et il commença à la regarder fixement en la fascinant. Moi, je me sentis soudain un peu troublé, le cœur battant, la gorge serrée. Je voyais les yeux de Mme Sablé s'alourdir, sa bouche se crisper, sa poitrine haleter.

Au bout de dix minutes, elle dormait.

– Mettez-vous derrière elle, dit le médecin.

Et je m'assis derrière elle. Il lui plaça entre les mains une carte de visite en lui disant :

– Ceci est un miroir ; que voyez-vous dedans ?

– Je vois mon cousin.

– Que fait-il ?

– Il se tord la moustache.

– Et maintenant ?

– Il tire de sa poche une photographie.

– Quelle est cette photographie ?

– La sienne.

C'était vrai ! Et cette photographie venait de m'être livrée, le soir même, à l'hôtel.

– Comment est-il sur ce portrait ?

– Il se tient debout avec son chapeau à la main.

Donc elle voyait dans cette carte, dans ce carton blanc, comme elle eût vu dans une glace.

Les jeunes femmes, épouvantées, disaient : « Assez ! Assez ! Assez ! »

Mais le docteur ordonna : « Vous vous lèverez demain à huit heures ; puis vous irez trouver à son hôtel votre cousin, et vous le supplierez de vous prêter cinq mille francs que votre mari vous demande et qu'il vous réclamera à son prochain voyage. »

Puis il la réveilla.

En rentrant à l'hôtel, je songeais à cette curieuse séance et des doutes m'assaillirent, non point sur l'absolue, sur l'insoupçonnable bonne foi de ma cousine, que je connaissais comme une sœur, depuis l'enfance, mais sur une supercherie possible du docteur. Ne dissimulait-il pas dans sa main une glace qu'il montrait à la jeune femme endormie, en même temps que sa carte de visite ? Les prestidigitateurs de profession font des choses autrement singulières.

Je rentrai donc et me couchai.

Or, ce matin, vers huit heures et demie, je fus réveillé par mon valet de chambre, qui me dit :

– C'est Mme Sablé qui demande à parler à Monsieur tout de suite.

Je m'habillai à la hâte et je la reçus.

Elle s'assit fort troublée, les yeux baissés, et, sans lever son voile, elle me dit :

– Mon cher cousin, j'ai un gros service à vous demander.

– Lequel, ma cousine ?

– Cela me gêne beaucoup de vous le dire, et pourtant, il le faut. J'ai besoin, absolument besoin, de cinq mille francs.

– Allons donc, vous ?

– Oui, moi, ou plutôt mon mari, qui me charge de les trouver.

J'étais tellement stupéfait que je balbutiai mes réponses. Je me demandais si vraiment elle ne s'était pas moquée de moi avec le docteur Parent, si ce n'était pas là une simple farce préparée d'avance et fort bien jouée.

Mais, en la regardant avec attention, tous mes doutes se dissipèrent. Elle tremblait d'angoisse, tant cette démarche lui était douloureuse, et je compris qu'elle avait la gorge pleine de sanglots.

Je la savais fort riche et je repris :

– Comment ! Votre mari n'a pas cinq mille francs à sa disposition ? Voyons, réfléchissez. Êtes-vous sûre qu'il vous a chargée de me les demander ?

Elle hésita quelques secondes, comme si elle eût fait un grand effort pour chercher dans son souvenir, puis elle répondit :

– Oui..., oui... j'en suis sûre.

– Il vous a écrit ?

Elle hésita encore, réfléchissant. Je devinai le travail torturant de sa pensée. Elle ne savait pas. Elle savait seulement qu'elle devait m'emprunter cinq mille francs pour son mari. Donc elle osa mentir.

– Oui, il m'a écrit.

– Quand donc ? Vous ne m'avez parlé de rien, hier.

– J'ai reçu sa lettre ce matin.

– Pouvez-vous me la montrer ?

– Non... non... non... elle contenait des choses intimes... trop personnelles... je l'ai... je l'ai brûlée.

– Alors, c'est que votre mari fait des dettes.

Elle hésita encore, puis murmura :

– Je ne sais pas.

Je déclarai brusquement :

– C'est que je ne puis disposer de cinq mille francs en ce moment, ma chère cousine.

Elle poussa une sorte de cri de souffrance.

– Oh ! oh ! je vous en prie, je vous en prie, trouvez-les...

Elle s'exaltait, joignait les mains comme si elle m'eût prié ! J'entendais sa voix changer de ton ; elle pleurait et bégayait, harcelée, dominée par l'ordre irrésistible qu'elle avait reçu.

– Oh ! oh ! je vous en supplie... si vous saviez comme je souffre... il me les faut aujourd'hui.

J'eus pitié d'elle.

– Vous les aurez tantôt, je vous le jure.

Elle s'écria :

– Oh ! merci ! merci ! Que vous êtes bon !

Je repris :

– Vous rappelez-vous ce qui s'est passé hier chez vous ?

– Oui.

– Vous rappelez-vous que le docteur Parent vous a endormie ?

– Oui.

– Eh bien, il vous a ordonné de venir m'emprunter ce matin cinq mille francs, et vous obéissez en ce moment à cette suggestion.

Elle réfléchit quelques secondes et répondit :

– Puisque c'est mon mari qui les demande.

Pendant une heure, j'essayai de la convaincre, mais je n'y pus parvenir.

Quand elle fut partie, je courus chez le docteur. Il allait sortir ; et il m'écouta en souriant. Puis il dit :

– Croyez-vous maintenant ?

– Oui, il le faut bien.

– Allons chez votre parente.

Elle sommeillait déjà sur une chaise longue, accablée de fatigue. Le médecin lui prit le pouls, la regarda quelque temps, une main levée vers ses yeux qu'elle ferma peu à peu sous l'effort insoutenable de cette puissance magnétique.

Quand elle fut endormie :

– Votre mari n'a plus besoin de cinq mille francs. Vous allez donc oublier que vous avez prié votre cousin de vous les prêter, et, s'il vous parle de cela, vous ne comprendrez pas.

Puis il la réveilla. Je tirai de ma poche un portefeuille :

– Voilà, ma chère cousine, ce que vous m'avez demandé ce matin.

Elle fut tellement surprise que je n'osai pas insister. J'essayai cependant de ranimer sa mémoire, mais elle nia avec force, crut que je me moquais d'elle, et faillit, à la fin, se fâcher.

....

Voilà ! Je viens de rentrer ; et je n'ai pu déjeuner, tant cette expérience m'a bouleversé.

19 juillet. – Beaucoup de personnes à qui j'ai raconté cette aventure se sont moquées de moi. Je ne sais plus que penser. Le sage dit : Peut-être ?

21 juillet. – J'ai été dîner à Bougival, puis j'ai passé la soirée au bal des canotiers. Décidément, tout dépend des lieux et des milieux. Croire au surnaturel dans l'île de la Grenouillère serait le comble de la folie... mais au sommet du Mont-Saint-Michel ?... mais dans les Indes ? Nous subissons effroyablement l'influence de ce qui nous entoure. Je rentrerai chez moi la semaine prochaine.

30 juillet. – Je suis revenu dans ma maison depuis hier. Tout va bien.

2 août. – Rien de nouveau ; il fait un temps superbe. Je passe mes journées à regarder couler la Seine.

4 août. – Querelles parmi mes domestiques. Ils prétendent qu'on casse les verres, la nuit, dans les armoires. Le valet de chambre accuse la cuisinière, qui accuse la lingère, qui accuse les deux autres. Quel est le coupable ? Bien fin qui le dirait !

6 août. – Cette fois, je ne suis pas fou. J'ai vu... J'ai vu... J'ai vu !... Je ne puis plus douter... J'ai vu !... J'ai encore froid jusque dans les ongles... J'ai encore peur jusque dans les moelles... J'ai vu !...

Je me promenais à deux heures, en plein soleil, dans mon parterre de rosiers... dans l'allée des rosiers d'automne qui commencent à fleurir.

Comme je m'arrêtais à regarder un *géant des batailles*, qui portait trois fleurs magnifiques, je vis, je vis distinctement, tout près de moi, la tige d'une de ces roses se plier, comme si une main invisible l'eût tordue, puis se casser, comme si cette main l'eût cueillie ! Puis la fleur s'éleva, suivant la courbe qu'aurait décrite un bras en la portant vers une bouche, et elle resta suspendue dans l'air transparent, toute seule, immobile, effrayante tache rouge à trois pas de mes yeux.

Éperdu, je me jetai sur elle pour la saisir ! Je ne trouvai rien ; elle avait disparu. Alors je fus pris d'une colère furieuse contre moi-même : car il n'est pas permis à un homme raisonnable et sérieux d'avoir de pareilles hallucinations.

Mais était-ce bien une hallucination ? Je me retournai pour chercher la tige, et je la retrouvai immédiatement sur l'arbuste, fraîchement brisée, entre les deux autres roses demeurées à la branche.

Alors je rentrai chez moi l'âme bouleversée ; car je suis certain, maintenant, certain comme de l'alternance des jours et des nuits, qu'il existe près de moi un être invisible, qui se nourrit de lait et d'eau, qui peut toucher aux choses, les prendre et les changer de place, doué par conséquent d'une nature matérielle, bien qu'imperceptible pour nos sens, et qui habite comme moi, sous mon toit…

7 août. – J'ai dormi tranquille. Il a bu l'eau de ma carafe, mais n'a point troublé mon sommeil.

Je me demande si je suis fou. En me promenant, tantôt au grand soleil, le long de la rivière, des doutes me sont venus sur ma raison, non point des doutes vagues comme j'en avais jusqu'ici, mais des doutes précis, absolus. J'ai vu des fous ; j'en ai connu qui restaient intelligents, lucides, clairvoyants même sur toutes les choses de la vie, sauf sur un point. Ils parlaient de tout avec clarté, avec souplesse, avec profondeur, et soudain leur pensée, touchant l'écueil de leur folie, s'y déchirait en pièces, s'éparpillait et sombrait dans cet océan effrayant et furieux, plein de vagues bondissantes, de brouillards, de bourrasques, qu'on nomme « la démence ».

Certes, je me croirais fou, absolument fou, si je n'étais conscient, si je ne connaissais parfaitement mon état, si je ne le sondais en l'analysant avec une complète lucidité. Je ne serais donc, en somme, qu'un halluciné raisonnant. Un trouble inconnu se serait produit dans mon cerveau, un de ces troubles qu'essayent de noter et de préciser aujourd'hui les physiologistes[1] ; et ce trouble aurait déterminé dans mon esprit, dans l'ordre et la

1. Spécialistes du fonctionnement de l'organisme humain.

logique de mes idées, une crevasse profonde. Des phénomènes semblables ont lieu dans le rêve qui nous promène à travers les fantasmagories[1] les plus invraisemblables, sans que nous en soyons surpris, parce que l'appareil vérificateur, parce que le sens du contrôle est endormi, tandis que la faculté imaginative veille et travaille. Ne se peut-il pas qu'une des imperceptibles touches du clavier cérébral se trouve paralysée chez moi ? Des hommes, à la suite d'accidents, perdent la mémoire des noms propres ou des verbes ou des chiffres, ou seulement des dates. Les localisations de toutes les parcelles de la pensée sont aujourd'hui prouvées. Or, quoi d'étonnant à ce que ma faculté de contrôler l'irréalité de certaines hallucinations se trouve engourdie chez moi en ce moment ?

Je songeais à tout cela en suivant le bord de l'eau. Le soleil couvrait de clarté la rivière, faisait la terre délicieuse, emplissait mon regard d'amour pour la vie, pour les hirondelles, dont l'agilité est une joie de mes yeux, pour les herbes de la rive, dont le frémissement est un bonheur de mes oreilles.

Peu à peu, cependant, un malaise inexplicable me pénétrait. Une force, me semblait-il, une force occulte[2] m'engourdissait, m'arrêtait, m'empêchait d'aller plus loin, me rappelait en arrière. J'éprouvais ce besoin douloureux de rentrer qui vous oppresse, quand on a laissé au logis un malade aimé, et que le pressentiment vous saisit d'une aggravation de son mal.

1. Effets fantastiques et surnaturels.
2. Non reconnue par la science et par la religion et qui requiert une initiation comme l'alchimie, l'astrologie, la cartomancie...

Donc, je revins malgré moi, sûr que j'allais trouver, dans ma maison, une mauvaise nouvelle, une lettre ou une dépêche. Il n'y avait rien ; et je demeurai plus surpris et plus inquiet que si j'avais eu de nouveau quelque vision fantastique.

8 août. – J'ai passé hier une affreuse soirée. Il ne se manifeste plus, mais je le sens près de moi, m'épiant, me regardant, me pénétrant, me dominant et plus redoutable, en se cachant ainsi, que s'il signalait par des phénomènes surnaturels sa présence invisible et constante.

J'ai dormi, pourtant.

9 août. – Rien ; mais j'ai peur.

10 août. – Rien ; qu'arrivera-t-il demain ?

11 août. – Toujours rien ; je ne puis plus rester chez moi avec cette crainte et cette pensée entrées en mon âme ; je vais partir.

12 août, 10 heures du soir. – Tout le jour j'ai voulu m'en aller ; je n'ai pas pu. J'ai voulu accomplir cet acte de liberté si facile, si simple – sortir –, monter dans ma voiture pour gagner Rouen. Je n'ai pas pu. Pourquoi ?

13 août. – Quand on est atteint par certaines maladies, tous les ressorts de l'être physique semblent brisés, toutes les énergies anéanties, tous les muscles relâchés, les os devenus mous comme la chair et la chair liquide comme de l'eau. J'éprouve cela dans mon être moral d'une façon étrange et désolante. Je n'ai plus aucune force, aucun courage, aucune domination sur moi, aucun pouvoir même de mettre en mouvement ma volonté. Je ne peux plus vouloir, mais quelqu'un veut pour moi, et j'obéis.

14 août. – Je suis perdu ! Quelqu'un possède mon âme et la gouverne ! Quelqu'un ordonne tous mes actes, tous mes mouvements, toutes mes pensées. Je ne suis plus rien en moi, rien qu'un spectateur esclave et terrifié de toutes les choses que j'accomplis. Je désire sortir. Je ne peux pas. Il ne veut pas, et je reste, éperdu, tremblant, dans le fauteuil où il me tient assis. Je désire seulement me lever, me soulever, afin de me croire maître de moi. Je ne peux pas ! Je suis rivé à mon siège ; et mon siège adhère au sol, de telle sorte qu'aucune force ne nous soulèverait.

Puis, tout d'un coup, il faut, il faut, il faut que j'aille au fond de mon jardin cueillir des fraises et les manger. Et j'y vais. Je cueille des fraises et je les mange ! Oh ! mon Dieu ! Mon Dieu ! Mon Dieu ! Est-il un Dieu ? S'il en est un, délivrez-moi, sauvez-moi ! secourez-moi ! Pardon ! Pitié ! Grâce ! Sauvez-moi ! Oh ! quelle souffrance ! Quelle torture ! Quelle horreur !

15 août. – Certes, voilà comment était possédée et dominée ma pauvre cousine, quand elle est venue m'emprunter cinq mille francs. Elle subissait un vouloir étranger entré en elle, comme une autre âme, comme une autre âme parasite et dominatrice. Est-ce que le monde va finir ?

Mais celui qui me gouverne, quel est-il ? cet invisible ? cet inconnaissable, ce rôdeur d'une race surnaturelle ?

Donc les Invisibles existent ! Alors, comment depuis l'origine du monde ne se sont-ils pas encore manifestés d'une façon précise comme ils le font pour moi ? Je n'ai jamais rien lu qui ressemble à ce qui s'est passé dans ma demeure. Oh ! si je pouvais la quitter, si je pouvais m'en aller, fuir et ne pas revenir. Je serais sauvé, mais je ne peux pas.

16 août. – J'ai pu m'échapper aujourd'hui pendant deux heures, comme un prisonnier qui trouve ouverte, par hasard, la porte de son cachot. J'ai senti que j'étais libre tout à coup et qu'il était loin. J'ai ordonné d'atteler bien vite et j'ai gagné Rouen. Oh ! quelle joie de pouvoir dire à un homme qui obéit : « Allez à Rouen ! »

Je me suis fait arrêter devant la bibliothèque et j'ai prié qu'on me prêtât le grand traité du docteur Hermann Herestauss[1] sur les habitants inconnus du monde antique et moderne.

Puis, au moment de remonter dans mon coupé, j'ai voulu

1. Appellation inventée. Selon Marie-Claire Bancquart, elle « semble avoir été forgé sur les mots allemands *Her [r]* : monsieur, le maître et *aus* : hors de. Herestauss, c'est le Horla, celui qui "est d'ailleurs" ».

dire : « À la gare ! » et j'ai crié – je n'ai pas dit, j'ai crié –, d'une voix si forte que les passants se sont retournés : « À la maison », et je suis tombé, affolé d'angoisse, sur le coussin de ma voiture. Il m'avait retrouvé et repris.

17 août. – Ah ! Quelle nuit ! Quelle nuit ! Et pourtant il me semble que je devrais me réjouir. Jusqu'à une heure du matin, j'ai lu ! Hermann Herestauss, docteur en philosophie et en théogonie[1], a écrit l'histoire et les manifestations de tous les êtres invisibles rôdant autour de l'homme ou rêvés par lui. Il décrit leurs origines, leur domaine, leur puissance. Mais aucun d'eux ne ressemble à celui qui me hante. On dirait que l'homme, depuis qu'il pense, a pressenti et redouté un être nouveau, plus fort que lui, son successeur en ce monde, et que, le sentant proche et ne pouvant prévoir la nature de ce maître, il a créé, dans sa terreur, tout le peuple fantastique des êtres occultes, fantômes vagues nés de la peur.

Donc, ayant lu jusqu'à une heure du matin, j'ai été m'asseoir ensuite auprès de ma fenêtre ouverte pour rafraîchir mon front et ma pensée au vent calme de l'obscurité.

Il faisait bon, il faisait tiède ! Comme j'aurais aimé cette nuit-là autrefois !

Pas de lune. Les étoiles avaient au fond du ciel noir des scintillements frémissants. Qui habite ces mondes ? Quelles formes, quels vivants, quels animaux, quelles plantes sont là-bas ? Ceux

1. Étude de la naissance et de l'origine des dieux.

qui pensent dans ces univers lointains, que savent-ils plus que nous ? Que peuvent-ils plus que nous ? Que voient-ils que nous ne connaissons point ? Un d'eux, un jour ou l'autre, traversant l'espace, n'apparaîtra-t-il pas sur notre terre pour la conquérir, comme les Normands jadis traversaient la mer pour asservir les peuples plus faibles ?

Nous sommes si infirmes, si désarmés, si ignorants, si petits, nous autres, sur ce grain de boue qui tourne délayé dans une goutte d'eau.

Je m'assoupis en rêvant ainsi au vent frais du soir.

Or, ayant dormi environ quarante minutes, je rouvris les yeux sans faire un mouvement, réveillé par je ne sais quelle émotion confuse et bizarre. Je ne vis rien d'abord, puis, tout à coup, il me sembla qu'une page du livre resté ouvert sur ma table venait de tourner toute seule. Aucun souffle d'air n'était entré par la fenêtre. Je fus surpris et j'attendis. Au bout de quarante minutes environ, je vis, je vis, oui, je vis de mes yeux une autre page se soulever et se rabattre sur la précédente, comme si un doigt l'eût feuilletée. Mon fauteuil était vide, semblait vide ; mais je compris qu'il était là, lui, assis à ma place, et qu'il lisait. D'un bond furieux, d'un bond de bête révoltée, qui va éventrer son dompteur, je traversai ma chambre pour le saisir, pour l'étreindre, pour le tuer !... Mais mon siège, avant que je l'eusse atteint, se renversa comme si on eût fui devant moi... Ma table oscilla, ma lampe tomba et s'éteignit, et ma fenêtre se ferma comme si un malfaiteur surpris se fût élancé dans la nuit, en prenant à pleines mains les battants.

Donc, il s'était sauvé ; il avait eu peur de moi, lui !

Alors... alors... demain... ou après... ou un jour quelconque, je pourrai donc le tenir sous mes poings, et l'écraser contre le sol ! Est-ce que les chiens, quelquefois, ne mordent point et n'étranglent pas leurs maîtres ?

18 août. – J'ai songé toute la journée. Oh ! oui, je vais lui obéir, suivre ses impulsions, accomplir toutes ses volontés, me faire humble, soumis, lâche. Il est le plus fort. Mais une heure viendra...

19 août. – Je sais... Je sais... Je sais tout ! Je viens de lire ceci dans la *Revue du monde scientifique* : « Une nouvelle assez curieuse nous arrive de Rio de Janeiro. Une folie, une épidémie de folie, comparable aux démences contagieuses qui atteignirent les peuples d'Europe au Moyen Âge, sévit en ce moment dans la province de São Paulo. Les habitants éperdus quittent leurs maisons, désertent leurs villages, abandonnent leurs cultures, se disant poursuivis, possédés, gouvernés comme un bétail humain par des êtres invisibles bien que tangibles, des sortes de vampires qui se nourrissent de leur vie pendant leur sommeil, et qui boivent en outre de l'eau et du lait sans paraître toucher à aucun autre aliment.

M. le professeur Don Pedro Henriquez, accompagné de plusieurs savants médecins, est parti pour la province de São Paulo, afin d'étudier sur place les origines et les manifestations de cette surprenante folie, et de proposer à l'empereur les mesures qui lui paraîtront les plus propres à rappeler à la raison ces populations en délire. »

Ah ! Ah ! je me rappelle, je me rappelle le beau trois-mâts brésilien qui passa sous mes fenêtres en remontant la Seine, le 8 mai dernier ! Je le trouvai si joli, si blanc, si gai ! L'Être était dessus, venant de là-bas, où sa race était née ! Et il m'a vu ! Il a vu ma demeure blanche aussi ; et il a sauté du navire sur la rive. Oh ! mon Dieu !

À présent, je sais, je devine. Le règne de l'homme est fini.

Il est venu. Celui que redoutaient les premières terreurs des peuples naïfs. Celui qu'exorcisaient les prêtres inquiets, que les sorciers évoquaient par les nuits sombres, sans le voir apparaître encore, à qui les pressentiments des maîtres passagers du monde prêtèrent toutes les formes monstrueuses ou gracieuses des gnomes, des esprits, des génies, des fées, des farfadets[1]. Après les grossières conceptions de l'épouvante primitive, des hommes plus perspicaces l'ont pressenti plus clairement. Mesmer l'avait deviné, et les médecins, depuis dix ans déjà, ont découvert, d'une façon précise, la nature de sa puissance avant qu'il l'eût exercée lui-même. Ils ont joué avec cette arme du Seigneur nouveau, la domination d'un mystérieux vouloir sur l'âme humaine devenue esclave. Ils ont appelé cela magnétisme, hypnotisme, suggestion... que sais-je ? Je les ai vus s'amuser

---

1. Lutins.

comme des enfants imprudents avec cette horrible puissance ! Malheur à nous ! Malheur à l'homme ! Il est venu, le... le... comment se nomme-t-il... le... il semble qu'il me crie son nom, et je ne l'entends pas... le... oui... il le crie... J'écoute... Je ne peux pas... répète... le... Horla... J'ai entendu... le Horla... c'est lui... le Horla... il est venu !

Ah ! le vautour a mangé la colombe ; le loup a mangé le mouton ; le lion a dévoré le buffle aux cornes aiguës ; l'homme a tué le lion avec la flèche, avec le glaive, avec la poudre ; mais le Horla va faire de l'homme ce que nous avons fait du cheval et du bœuf : sa chose, son serviteur et sa nourriture, par la seule puissance de sa volonté. Malheur à nous !

Pourtant l'animal, quelquefois, se révolte et tue celui qui l'a dompté... moi aussi je peux... je pourrai... mais il faut le connaître, le toucher, le voir ! Les savants disent que l'œil de la bête, différent du nôtre, ne distingue point comme le nôtre... Et mon œil à moi ne peut distinguer le nouveau venu qui m'opprime.

Pourquoi ? Oh ! je me rappelle à présent les paroles du moine du Mont-Saint-Michel : « Est-ce que nous voyons le cent millième de ce qui existe ? Tenez, voici le vent qui est la plus grande force de la nature, qui renverse les hommes, abat les édifices, déracine les arbres, soulève la mer en montagnes d'eau, détruit les falaises et jette aux brisants[1] les grands navires, le vent qui tue, qui siffle, qui gémit, qui mugit, l'avez-vous vu et pouvez-vous le voir : il existe pourtant ! »

1. Écume se formant sur un écueil.

Et je songeais encore : mon œil est si faible, si imparfait, qu'il ne distingue même point les corps durs, s'ils sont transparents comme le verre !... Qu'une glace sans tain barre mon chemin, il me jette dessus comme l'oiseau entré dans une chambre se casse la tête aux vitres. Mille choses en outre le trompent et l'égarent. Quoi d'étonnant, alors, à ce qu'il ne sache point apercevoir un corps nouveau que la lumière traverse ?

Un être nouveau ! pourquoi pas ? Il devait venir assurément ! Pourquoi serions-nous les derniers ? Nous ne le distinguons point, ainsi que tous les autres créés avant nous ? C'est que sa nature est plus parfaite, son corps plus fin et plus fini que le nôtre, que le nôtre si faible, si maladroitement conçu, encombré d'organes toujours fatigués, toujours forcés comme des ressorts trop complexes, que le nôtre, qui vit comme une plante et comme une bête, en se nourrissant péniblement d'air, d'herbe et de viande, machine animale en proie aux maladies, aux déformations, aux putréfactions, poussive[1], mal réglée, naïve et bizarre, ingénieusement mal faite, œuvre grossière et délicate, ébauche d'être qui pourrait devenir intelligent et superbe.

Nous sommes quelques-uns, si peu sur ce monde, depuis l'huître jusqu'à l'homme. Pourquoi pas un de plus, une fois accomplie la période qui sépare les apparitions successives de toutes les espèces diverses ?

Pourquoi pas un de plus ? Pourquoi pas aussi d'autres arbres

---

1. Deux acceptions sont possibles : au sens propre, qui manque de souffle ; au sens figuré, qui manque d'inspiration.

aux fleurs immenses, éclatantes et parfumant des régions entières ? Pourquoi pas d'autres éléments que le feu, l'air, la terre et l'eau ? – Ils sont quatre, rien que quatre, ces pères nourriciers des êtres ! Quelle pitié ! Pourquoi ne sont-ils pas quarante, quatre cents, quatre mille ? Comme tout est pauvre, mesquin, misérable ! avarement donné, sèchement inventé, lourdement fait ! Ah ! l'éléphant, l'hippopotame, que de grâce ! Le chameau, que d'élégance !

Me direz-vous, le papillon ! une fleur qui vole ! J'en rêve un qui serait grand comme cent univers, avec des ailes dont je ne puis même exprimer la forme, la beauté, la couleur et le mouvement. Mais je le vois... il va d'étoile en étoile, les rafraîchissant et les embaumant au souffle harmonieux et léger de sa course !... Et les peuples de là-haut le regardent passer, extasiés et ravis !...

....

Qu'ai-je donc ? C'est lui, lui, le Horla, qui me hante, qui me fait penser ces folies ! Il est en moi, il devient mon âme ; je le tuerai !

19 août. – Je le tuerai. Je l'ai vu ! Je me suis assis hier soir, à ma table ; et je fis semblant d'écrire avec une grande attention. Je savais bien qu'il viendrait rôder autour de moi, tout près, si près que je pourrais peut-être le toucher, le saisir ? Et alors ?... alors, j'aurais la force des désespérés ; j'aurais mes mains, mes genoux, ma poitrine, mon front, mes dents pour l'étrangler, l'écraser, le mordre, le déchirer.

Et je le guettais avec tous mes organes surexcités.

J'avais allumé mes deux lampes et les huit bougies de ma cheminée, comme si j'eusse pu, dans cette clarté, le découvrir.

En face de moi, mon lit, un vieux lit de chêne à colonnes ; à droite, ma cheminée ; à gauche, ma porte fermée avec soin, après l'avoir laissée longtemps ouverte, afin de l'attirer ; derrière moi, une très haute armoire à glace, qui me servait chaque jour pour me raser, pour m'habiller, et où j'avais coutume de me regarder, de la tête aux pieds, chaque fois que je passais devant.

Donc, je faisais semblant d'écrire, pour le tromper, car il m'épiait lui aussi ; et soudain, je sentis, je fus certain qu'il lisait par-dessus mon épaule, qu'il était là, frôlant mon oreille.

Je me dressai, les mains tendues, en me tournant si vite que je faillis tomber. Eh bien ?... on y voyait comme en plein jour, et je ne me vis pas dans ma glace !... Elle était vide, claire, profonde, pleine de lumière ! Mon image n'était pas dedans... et j'étais en face, moi ! Je voyais le grand verre limpide du haut en bas. Et je regardais cela avec des yeux affolés ; et je n'osais plus avancer, je n'osais plus faire un mouvement, sentant bien pourtant qu'il était là, mais qu'il m'échapperait encore, lui dont le corps imperceptible avait dévoré mon reflet.

Comme j'eus peur ! Puis voilà que tout à coup je commençai à m'apercevoir dans une brume, au fond du miroir, dans une brume comme à travers une nappe d'eau ; et il me semblait que cette eau glissait de gauche à droite, lentement, rendant plus précise mon image, de seconde en seconde. C'était comme la fin d'une éclipse. Ce qui me cachait ne paraissait point posséder de contours nettement arrêtés, mais une sorte de transparence opaque, s'éclaircissant peu à peu.

Je pus enfin me distinguer complètement, ainsi que je le fais chaque jour en me regardant.

Je l'avais vu ! L'épouvante m'en est restée, qui me fait encore frissonner.

20 août. – Le tuer, comment ? Puisque je ne peux l'atteindre ? Le poison ? Mais il me verrait le mêler à l'eau ; et nos poisons, d'ailleurs, auraient-ils un effet sur son corps imperceptible ? Non... non... sans aucun doute... Alors ?... Alors ?...

21 août. – J'ai fait venir un serrurier de Rouen, et lui ai commandé pour ma chambre des persiennes de fer, comme en ont, à Paris, certains hôtels particuliers, au rez-de-chaussée, par crainte des voleurs. Il me fera, en outre, une porte pareille. Je me suis donné pour un poltron, mais je m'en moque !...

....

10 septembre. – Rouen, hôtel Continental. C'est fait... c'est fait... Mais est-il mort ? J'ai l'âme bouleversée de ce que j'ai vu.

Hier donc, le serrurier ayant posé ma persienne et ma porte de fer, j'ai laissé tout ouvert jusqu'à minuit, bien qu'il commençât à faire froid.

Tout à coup, j'ai senti qu'il était là, et une joie, une joie folle m'a saisi. Je me suis levé lentement, et j'ai marché à droite, à gauche, longtemps pour qu'il ne devinât rien ; puis j'ai ôté mes bottines et mis mes savates avec négligence ; puis j'ai fermé ma persienne de fer, et, revenant à pas tranquilles vers la porte, j'ai fermé la porte aussi à double tour. Retournant alors vers la fenêtre, je la fixai par un cadenas, dont je mis la clef dans ma poche.

Tout à coup, je compris qu'il s'agitait autour de moi, qu'il avait peur à son tour, qu'il m'ordonnait de lui ouvrir. Je faillis céder ; je ne cédai pas, mais, m'adossant à la porte, je l'entrebâillai, tout juste assez pour passer, moi, à reculons ; et comme je suis très grand ma tête touchait au linteau[1]. J'étais sûr qu'il n'avait pu s'échapper et je l'enfermai, tout seul, tout seul. Quelle joie ! Je le tenais ! Alors, je descendis, en courant ; je pris, dans mon salon, sous ma chambre, mes deux lampes et je renversai toute l'huile sur le tapis, sur les meubles, partout ; puis j'y mis le feu, et je me sauvai, après avoir bien refermé, à double tour, la grande porte d'entrée.

Et j'allai me cacher au fond de mon jardin, dans un massif de lauriers. Comme ce fut long ! Comme ce fut long ! Tout était noir, muet, immobile ; pas un souffle d'air, pas une étoile, des montagnes de nuages qu'on ne voyait point, mais qui pesaient sur mon âme, si lourds, si lourds.

1. Partie supérieure du chambranle de la porte.

Je regardais ma maison, et j'attendais. Comme ce fut long ! Je croyais déjà que le feu s'était éteint tout seul, ou qu'il l'avait éteint, Lui, quand une des fenêtres d'en bas creva sous la poussée de l'incendie, et une flamme, une grande flamme rouge et jaune, longue, molle, caressante, monta le long du mur blanc et le baisa jusqu'au toit. Une lueur courut dans les arbres, dans les branches, dans les feuilles, et un frisson, un frisson de peur aussi. Les oiseaux se réveillaient ; un chien se mit à hurler ; il me sembla que le jour se levait ! Deux autres fenêtres éclatèrent aussitôt, et je vis que tout le bas de ma demeure n'était plus qu'un effrayant brasier. Mais un cri, un cri horrible, suraigu, déchirant, un cri de femme passa dans la nuit, et deux mansardes s'ouvrirent ! J'avais oublié mes domestiques ! Je vis leurs faces affolées, et leurs bras qui s'agitaient !...

Alors, éperdu d'horreur, je me mis à courir vers le village en hurlant : « Au secours ! au secours ! au feu ! au feu ! » Je rencontrai des gens qui s'en venaient déjà et je retournai avec eux, pour voir !

La maison, maintenant, n'était plus qu'un bûcher horrible et magnifique, un bûcher monstrueux, éclairant toute la terre, un bûcher où brûlaient des hommes, et où il brûlait aussi, Lui, Lui, mon prisonnier, l'Être nouveau, le nouveau maître, le Horla !

Soudain le toit tout entier s'engloutit entre les murs, et un volcan de flammes jaillit jusqu'au ciel. Par toutes les fenêtres ouvertes sur la fournaise, je voyais la cuve de feu, et je pensais qu'il était là, dans ce four, mort...

– Mort ? Peut-être ?... Son corps, son corps que le jour traversait n'était-il pas indestructible par les moyens qui tuent les nôtres ?

S'il n'était pas mort ?... Seul peut-être le temps a prise sur l'Être Invisible et Redoutable. Pourquoi ce corps transparent, ce corps inconnaissable, ce corps d'Esprit, s'il devait craindre, lui aussi, les maux, les blessures, les infirmités, la destruction prématurée ?

La destruction prématurée ? Toute l'épouvante humaine vient d'elle ! Après l'homme, le Horla. – Après celui qui peut mourir tous les jours, à toutes les heures, à toutes les minutes, par tous les accidents, est venu celui qui ne doit mourir qu'à son jour, à son heure, à sa minute, parce qu'il a touché la limite de son existence !

Non... non... sans aucun doute, sans aucun doute... il n'est pas mort... Alors... alors... il va donc falloir que je me tue, moi !...

....

Après-texte

POUR COMPRENDRE

GROUPEMENT DE TEXTES

INFORMATION/DOCUMENTATION

Lire

1 Quelle idée vous faites-vous de Maupassant ? Avez-vous lu d'autres livres de lui ? Avez-vous vu des adaptations à la télévision ou au cinéma ? De quelle(s) autre(s) œuvre(s) pouvez-vous rapprocher *Le Horla* ?

2 Dans une bibliographie relative aux contes et aux nouvelles fantas-

À SAVOIR

LES VARIANTES D'UN TEXTE

La publication d'une œuvre est l'aboutissement d'un long processus qu'il est important de connaître.

Le manuscrit montre le travail d'écriture de l'auteur. Le « premier jet » de la rédaction appelle toujours des corrections :

– Suppression de termes, amélioration de la lisibilité et du style du texte en évitant répétitions ou indications inutiles ;

– Substitution aux mots répétés de synonymes ou de périphrases, recherche de la précision par l'usage de termes techniques, concrets... ;

– Ajout de termes nouveaux, amplification d'un passage grâce à des descriptions, des explications ; multiplication des figures de rhétorique pour renforcer la richesse stylistique de l'œuvre.

Dans le manuscrit du *Horla*, il existe des pages vierges de toute rature ; d'autres, au contraire, sont très retravaillées comme si un mot ou une idée avaient éveillé « l'élan créateur » de Maupassant. En règle générale, Maupassant ne retouchait guère son texte car il rédigeait vite, au jour le jour, en vue d'une publication dans les journaux, ses commanditaires le priant instamment de rendre son « papier ».

Une fois publié, le texte peut encore évoluer d'une édition à l'autre (suppression de chapitres, enrichissement de certains passages). Comptant sur l'oubli du lecteur de journal pressé, Maupassant réutilisera parfois des fragments de ses œuvres parues antérieurement et certains récits apparaissent même comme des « épreuves préparatoires » : c'est le cas de *Lettre d'un fou*, qui annonce les deux versions du *Horla*.

En fonction des destinataires et des situations, la modification d'une œuvre peut consister en un changement de genre. Il s'agit alors d'une véritable réécriture car cela implique le respect des caractéristiques du genre dans lequel on transpose l'œuvre originale.

tiques de Maupassant, relevez l'ensemble des titres. Quels sont les thèmes récurrents ? En quoi le titre *Le Horla* est-il tout à fait original ?

3 Que laisse supposer ce titre éponyme (titre citant le nom du personnage) ? Quelle est la portée de l'article défini ? À quels autres termes s'apparente-t-il ?

4 Quelle version du *Horla* préférez-vous ? Pourquoi ?

5 Pourquoi, selon vous, Maupassant a-t-il éprouvé le besoin de récrire son *Horla* ?

Écrire

Écrits fonctionnels

6 Résumez la nouvelle en une trentaine de lignes. Comparez ensuite votre récit à la version de 1886 (pp. 17-29). Peut-on dire du conte que c'est un abrégé de la nouvelle ? Appuyez votre réponse sur des exemples précis.

7 Voici un extrait du manuscrit du *Horla* de 1887. Comparez le brouillon avec la version définitive et classez les corrections en fonction de leur rôle (reportez-vous à l'encadré « À savoir »). Le texte en italiques correspond aux ratures de l'écrivain, le texte initial est retranscrit fidèlement avec les erreurs qu'il comporte.

« 13 août. *Il me semble qu'un être perfide* Quand on *se sent* est atteint par certaines maladies, tous les ressorts de l'être physique semblent brisés, toutes les énergies coupées anéanties toutes les muscles relâchés, les os devenus mous comme la chair et la chair liquide comme de l'eau. J'éprouve cela dans mon âme être moral d'une façon étrange et désolante. Je n'ai plus aucune force, aucun courage, aucune *pouvoir force* domination sur moi, aucune pouvoir même de mettre en mouvement ma volonté. *J'ai changé l'heure de mes repas Pourquoi ? Quan Je ne veux plus* Je ne peux plus vouloir. Mais quelqu'un veut pour moi. Et j'obéis. »

Chercher

8 Lisez *Lettre d'un fou* de Maupassant, parue en 1885, et montrez que cette œuvre est une étape déterminante sur la voie qui mène au *Horla*.

Oral

9 Lisez à haute voix les lignes 281 à 299 (p. 28), puis les lignes 731 à 751 (pp. 63-64) qui correspondent au même épisode. Que remarquez-vous ?

LA VERSION DE 1886 :

UN CONTE FANTASTIQUE TRADITIONNEL

Lire

1 Quelles sont les indications précieuses que nous fournit l'incipit du récit de l'aliéné ? Montrez que le texte s'ancre dans le quotidien, le connu, c'est-à-dire le réalisme.

À SAVOIR

LE CONTE FANTASTIQUE

Étymologiquement, le mot « conte » vient du verbe latin *computare* (« compter ») et Michel Arrivé d'en conclure que « conter c'est énumérer des événements » (*Le Conte*, 1987).

Concis, en prose et surtout oral, le conte nécessite la participation intense du narrateur qui abrègera ou prolongera son histoire à son gré. Il doit captiver l'attention de son public en racontant l'aventure dont il a été le héros, le témoin ou le confident, et il concentre généralement son récit : l'action est tendue vers un seul objectif, les lieux, la durée et les personnages n'ont d'importance qu'en fonction de l'anecdote qu'ils illustrent.

Dans un conte, les événements ne s'acheminent pas vers un accomplissement mais se situent dans un passé révolu : le récit de l'aliéné du *Horla* de 1886 relate dans un compte rendu clinique et linéaire, l'arrivée de celui qui mettra fin à l'humanité.

Au XIXe siècle, le conte s'inscrit surtout dans le registre fantastique. Selon Pierre-Georges Castex, « il se caractérise par une intrusion brutale du mystère dans la vie réelle » (*Le Conte fantastique en France de Nodier à Maupassant*, 1951). Pour Vax, il est « l'irruption du surnaturel dans la nature [...] [et] des hommes comme nous [sont alors] placés soudainement en présence de l'inexplicable » (*L'art de la littérature fantastique*, 1960). Il n'y a pas chez Maupassant de châteaux hantés, de paysages d'horreur, mais une demeure habitée par un individu normé. Bien sûr, on trouve les ingrédients traditionnels du fantastique (la nuit, la peur, l'isolement, les doubles, la mort) ; mais ici, ce sont surtout des objets quelconques (une carafe, une rose, un livre) qui se révèlent être porteurs de mystère. C'est le vacillement entre rationnel et irrationnel, rêve et réalité qui est à l'origine de la terreur. Pour Todorov d'ailleurs, « c'est l'hésitation éprouvée par un être qui ne connaît que les lois naturelles, face à un événement en apparence surnaturel » (*Introduction à la littérature fantastique*, 1970).

Le conte fantastique doit laisser le lecteur dans l'interrogation métaphysique.

2 Relevez les indices de l'oralité dans le récit du conteur. Pourquoi sont-ils si nombreux ?

3 Étudiez le temps de la narration et le temps de la fiction. En quoi sont-ils des composants du conte ? Étayez, par des exemples précis, les propos du narrateur à la ligne 122.

4 Faites le schéma narratif du récit du fou. À quels moments bascule-t-on dans le fantastique ?

5 Dans quel cadre spatio-temporel intervient le Horla ? Pourquoi ?

6 Quels sont les thèmes abordés dans cette œuvre ? Quel rapport entretiennent-ils avec le fantastique ?

Écrire

Écrits d'argumentation

7 Selon Roger Caillois, dans son *Anthologie du fantastique*, le fantastique « suppose la solidité du monde réel, mais pour mieux la ravager. [...] Alors vacillent les certitudes les mieux assises et l'épouvante s'installe. La démarche essentielle du fantastique est l'apparition : ce qui ne peut pas arriver et qui se produit pourtant [...] au cœur d'un univers parfaitement repéré et d'où on estimait le mystère à jamais banni. » Étayez cette thèse à l'aide d'arguments et d'exemples précis que vous puiserez dans cette version du *Horla*.

8 Tzvetan Todorov explique que le lecteur hésite entre deux hypothèses : la première ramène le phénomène inquiétant à une explication rationnelle (perturbation mentale), l'autre admet l'existence du surnaturel (forces obscures, vampires, fantômes...). Adoptez l'une des deux hypothèses et justifiez textuellement votre choix.

Écrit d'invention

9 Vous êtes le témoin privilégié d'une scène incongrue : un objet banal de votre quotidien s'anime tout à coup. L'inexplicable se met en place. Racontez ce passage du monde réel au monde surnaturel en veillant à créer une atmosphère de mystère et d'étrangeté.

Chercher

10 Vérifiez dans les œuvres suivantes de Maupassant que l'on retrouve bien tous les ingrédients du conte fantastique : *La Peur* (1882), *Apparition* (1883), *La Chevelure* (1884), *Un cas de divorce* (1886).

Oral

11 Retrouvez, dans le conte, les étapes du cheminement intellectuel propres à tous les personnages confrontés au fantastique : le choc, le doute, l'interprétation.

Lire

1 Relisez le début (l. 1-13) et la fin de l'œuvre (l. 315-318). Que remarquez-vous ? Quel est le sens de cette mise en page particulière ? Combien y a-t-il de récits ? Expliquez en quoi cette structure est un des ingrédients du conte fantastique ?

2 Pourquoi le narrateur met-il en scène des scientifiques au début du conte ? Pour quelles raisons insiste-t-il tant sur leurs compétences ? Quelle est la portée de l'expression « mon ami le docteur Marrande » (l. 16-17) ?

3 Relevez les différentes marques de l'argumentation ; analysez les marques de l'oralité, la structuration du discours, les nombreux rapports logiques, les modalisateurs...

4 Quelles sont les différentes preuves apportées par le narrateur pour convaincre les médecins de la véracité de ses propos ?

5 Quel est le temps des verbes « eût feuilletée » (l. 186), « eût fui » (l. 190) et « eût saisie » (l. 193) ? Pourquoi le narrateur n'a-t-il pas utilisé le plus-que-parfait de l'indicatif ? Montrez que ce détail est révélateur de l'état d'esprit du héros.

6 Quelle est la portée de cette précision (l. 247) ?

7 En quoi le discours généralisateur (l. 259-299) est-il très convaincant ?

Écrire

Écrit d'argumentation

8 Les propos du narrateur vous paraissent-ils donc être ceux d'un « fou(s) que ronge une pensée » (l. 11-12) ? Justifiez votre réponse.

Écrit d'invention

9 Les aliénistes se livrent à une véritable controverse après le départ du malade de monsieur Marrande. Imaginez, en une trentaine de lignes, leur conversation passionnée : les uns développant un réquisitoire, les autres un plaidoyer. Vous veillerez à respecter les spécificités techniques du dialogue.

Chercher

10 Définissez plus précisément la fonction d'un aliéniste. Cherchez l'étymologie du mot, les origines de cette profession et les rapports de Maupassant avec ce corps de métier.

11 Retrouvez dans l'œuvre de Jean Giono *Le Hussard sur le toit*, le thème de l'épidémie de choléra et ses conséquences sur la population. Comparez sa version avec celle du narrateur (l. 302-308).

Oral

12 Faites brièvement un résumé du conte. Vous veillerez à respecter la structure et commencerez ainsi : « C'est l'histoire de... ». Que remarquez-vous ?

À SAVOIR

LE DISCOURS DE PERSUASION

Le genre dit « persuasif », mis au point dès l'Antiquité, nécessite que le locuteur s'implique nettement dans ses propos par des marques d'énonciation (première personne, modalisateurs...). La *captatio benevolentiae* – ou conquête de la bienveillance des interlocuteurs – inaugure le récit ; le héros doit leur montrer qu'il participe de la même culture, des mêmes valeurs : « vous saurez tous que j'ai l'esprit aussi sain [...] que les vôtres » (l. 18-20).

L'*exorde* présente le sujet à débattre et annonce le plan qui va être suivi : « Mais je veux commencer par les faits eux-mêmes [...] » (l. 22).

L'*exposition* statique montre le héros dans son univers. Vient ensuite la description des symptômes de la maladie. La thèse du narrateur est annoncée : il est au prise avec un phénomène mystérieux qui vampirise son existence.

L'*inventio* – ou découverte – a pour tâche de recenser et d'agencer les différents arguments qui étaieront son point de vue. Des connecteurs logiques nombreux assureront la cohérence du raisonnement. Le narrateur présente donc les preuves multiples qu'il a cherchées « contre [lui]-même » (l. 109). Ce n'est qu'après avoir prouvé son objectivité médicale et policière à ses auditeurs, qu'il en vient à la partie subjective de son récit. Les épisodes de la rose, du verre, du livre et du miroir sont relatés sur le ton de l'épouvante.

L'*elocutio* – ou souci de style –, grâce aux figures de rhétorique, joue un grand rôle car il donne vie au discours.

Enfin, c'est l'*argumentatio extra causam* ; le narrateur doit généraliser son discours : « Messieurs, c'est celui que la terre attend, après l'homme ! » (l. 283-284). Un article de journal lui permettra de fournir la preuve ultime de son objectivité. La structure du conte, sous la forme d'un récit encadrant (p. 17, l. 1-13 et p. 29, l. 315-318) et d'un récit encadré, légitimise le discours du malade. Sa démonstration a une place privilégiée, elle est à l'intérieur d'un autre récit relatif au monde scientifique et qui lui sert d'introduction et de conclusion. Le conte se clôt d'ailleurs sur l'acquiescement du docteur Marrande. Placé dans les mêmes conditions que les auditeurs, le lecteur sera lui aussi contaminé et partagera leurs impressions.

Lire

1 Pourquoi la nouvelle commence-t-elle à la date du 8 mai ? Reportez-vous à la biographie de l'auteur pour vous aider. Qu'apprend-on sur le déclenchement de l'écriture ?

2 Quel est le genre de cette nouvelle version ? Qu'apporte au récit l'écriture à la première personne ? Que peut-on en déduire sur le contenu et la tonalité de cette œuvre ? Illustrez votre réponse par des exemples précis.

3 Dans les trois premiers paragraphes, comptez les occurrences du pronom possessif. Qu'en concluez-vous ?

4 Pourquoi le narrateur insiste tant sur la notion de « racine » au sens propre comme au sens figuré dès le début de son journal ?

5 Cet incipit est riche en détails concernant le narrateur. Relevez-les et comparez ces données à celles délivrées dans la première version. Que remarquez-vous ?

6 Montrez que le narrateur décrit un paysage familier et stable qui éveille ses sens et qui est en mouvement. Analysez en particulier la mobilité du regard du narrateur. Quel est l'intérêt d'une telle description ?

7 À quel moment du texte passe-t-on du mode descriptif au mode narratif ? Relevez tous les éléments qui annoncent un réel danger pour le narrateur. Observez les figures de style, la nature des verbes, les adjectifs qualificatifs... Quelle portée a l'expression « je ne sais pourquoi » (l. 27-28) ?

Écrire

Écrit d'argumentation

8 Étayez la remarque d'un exégète de l'auteur en vous référant précisément au *Horla* : « Les personnages de Maupassant commencent toujours par être comme tout le monde : ils n'attendent rien et s'en trouvent béatement comblés. Ce qui se passe pourtant, c'est que leur vie à eux change soudain. Les récits nous enseignent donc que n'importe quelle vie peut changer. »

Chercher

9 Que représentent les villes du Havre et de Rouen, ainsi que la Seine dans la vie de Maupassant ? Montrez que l'auteur revient toujours aux paysages aimés en vous aidant de la lecture du conte *Un normand* et du roman *Bel-Ami* (deuxième partie, chapitre 1).

10 Cherchez les spécificités de « l'expressionnisme », mouvement culturel et littéraire du début du XXe siècle. Faites un rapprochement avec le passage des lignes 1 à 28.

Oral

11 Rédigez-vous un journal intime ? Si oui, qu'est-ce que cela vous apporte ? Si non, qu'est-ce qui pourrait vous pousser à le faire ? Comparez votre démarche avec celle du narrateur.

À SAVOIR

LE JOURNAL INTIME

Il se distingue de l'autobiographie par sa présentation formelle : il s'agit d'une écriture fragmentaire qui expose au fil des jours un moi « en miettes » ; commencé à n'importe quel moment, le journal peut s'interrompre n'importe quand. Le « diariste » (*dies* en latin, auteur d'un journal au jour le jour) consigne des événements de son quotidien, ses pensées, ses sentiments dans des notes. Il y a presque coïncidence entre le temps de l'histoire et le temps de la narration, entre le moi raconté et le moi qui raconte.

Le journal intime implique une écriture à la première personne et le choix de la focalisation interne.

Dans *Le Horla* (version de 1887), le narrateur ne sera jamais décrit par un autre personnage : plus de médecin, plus d'ami, pas de témoin pour ratifier ou dénoncer ses dires. La structure narrative fait du lecteur le seul confident du héros et favorise l'illusion référentielle. Il nous introduit dans l'univers de la décomposition de la personnalité, du naufrage de la raison et nous acceptons d'emblée comme vrai tout ce que nous dit le « je ». En outre, cette introspection invite le lecteur à se reconnaître en lui, malgré sa singularité ; elle favorise l'identification du lecteur au narrateur.

Mais si le lecteur est troublé, c'est aussi parce qu'il se dégage de ce récit fantastique une inquiétante impression de vérité. Le choix du journal n'est pas, lui non plus, anodin. Il y a le « je » qui a vécu et le « je » qui apparaît dans l'écriture. Le journal est un véritable miroir dans lequel vient se refléter « l'Autre qui est en moi » (*Pierre et Jean*). Il fonctionne comme l'allégorie de la notion de dédoublement qui est au cœur même de la nouvelle. Fond et forme se correspondent donc parfaitement.

DU 16 MAI AU 3 JUIN : L'ARRIVÉE D'UN MAL INCONNU

Lire

1 Comparez le contenu des journées du 16 et 18 mai (l. 62-73, pp. 35-36) aux lignes 46 à 52 (p. 19) de la version de 1886. Quel est le passage le plus évocateur ? Le plus crédible ? Pourquoi ?

À SAVOIR

LE THÈME DE L'ALIÉNATION MENTALE

Dans *Le Horla* de 1887, Maupassant est un remarquable observateur et transcripteur du passage d'un homme de l'état normal à l'état d'aliéné. On sait que l'auteur était très au fait des différentes pathologies mentales.

L'*angoisse* est définie comme un sentiment d'insécurité sans représentation distincte d'un danger. Un homme qui ne peut satisfaire dans la réalité ses besoins érotiques, qui est conscient de son trouble mais ne peut s'en débarrasser, est *névrosé*. Un sujet en état de *psychose* fait preuve d'une conviction délirante et perd le contact avec la réalité. La *paranoïa* se caractérise, entre autres, par l'erreur de jugement qui incite à interpréter des signes anodins par l'esprit de méfiance car l'individu se croit persécuté. Un sujet atteint d'*hallucinations* prétend voir des personnages, entendre des voix, sentir des odeurs. L'*obsession* est un type de névrose à manifestations répétitives caractérisées par la lutte contre des pensées indésirables, des scrupules permanents, des doutes. Le *délire* est souvent lié à une fièvre très élevée ; la conscience est alors atteinte, on note une désorientation spatio-temporelle, une confusion des idées, des hallucinations auditives et visuelles.

Dans *Le Horla*, on reconnaît facilement diverses allusions à ces pathologies : l'angoisse du narrateur lucide en état de veille, une instabilité à la fois physiologique et psychologique ; ses délires cauchemardesques, ses hallucinations quand l'espace devient menaçant, la perte de sa propre identité absorbée par l'être fantasmé…

Mais pour que de telles actions soient efficaces, il faut que les aveux aient une forme narrative susceptible de les rendre crédibles. Pour évoquer le malaise ou la peur, l'auteur use de figures de style comme la personnification, la métaphore mais il a surtout recours aux interrogatives, aux exclamatives, aux rythmes, aux répétitions, à la déstructuration de la syntaxe. On peut relever aussi tout un réseau de significations à l'intérieur de l'œuvre, comme par exemple l'eau qui a toujours un rôle néfaste dans l'imaginaire du narrateur.

2 Relevez et analysez les différentes figures de style (l. 62-69). Qu'apportent-elles au récit ?

3 Le 25 mai : comment le narrateur implique-t-il le lecteur ? Quelle est donc la finalité de ce journal intime ?

4 Montrez que le lecteur devient l'aliéniste compréhensif, celui qui perçoit et sait interpréter les différents signes, contrairement au narrateur. Expliquez la métaphore « un gouffre d'eau stagnante » (l. 96).

5 Observez la syntaxe des lignes 96 à 99. En quoi est-elle signifiante ?

6 Analysez les procédés d'écriture qui révèlent déjà l'aliénation du narrateur (en particulier la mise en page, la ponctuation, les rythmes...). Comparez ce passage aux lignes 54 à 65 de la première version. Que remarquez-vous ?

7 Montrez que Maupassant, à travers ce cauchemar, fait une transposition allégorique de l'aventure ultérieure du héros.

Écrire

Écrits d'argumentation

8 En vous reportant précisément à l'analyse de cet extrait, réfutez la pensée commune à la plupart des journalistes de l'époque : *Le Horla* est « le pronostic certain de (la) future aliénation mentale » de Maupassant. Montrez que sa maîtrise de l'écriture fantastique est à elle seule une preuve suffisante de sa lucidité.

9 Peut-on, selon vous, parler de paranoïa et de névrose pour caractériser l'attitude du narrateur ? Référez-vous à l'encadré « À savoir ».

Écrit d'invention

10 En une trentaine de lignes, racontez avec précision un de vos cauchemars sans omettre d'évoquer votre état au réveil.

Chercher

11 Dans le conte *Lettre d'un fou*, Maupassant évoque la genèse de la folie. Pour quelles raisons cette œuvre éclaire-t-elle le passage que nous venons d'étudier ?

Oral

12 Lisez le passage de la ligne 100 à la ligne 114. Mettez en valeur la variété des signes de ponctuation et la construction très élaborée des propos du narrateur.

Lire

1 Relevez tous les éléments relatifs à la liquidité (l. 146-155). Quelles sensations procurent-ils au narrateur ? Est-ce un phénomène nouveau dans l'œuvre ?

2 Comparez la description de l'abbaye du Mont-Saint-Michel (l. 156-170) avec celle de la cathédrale de Rouen (l. 14-20). Quels sont les éléments récurrents qui engendrent un certain apaisement dans l'esprit du narrateur ?

À SAVOIR

LES LIEUX ET LEUR FONCTION

Ils ont, tout d'abord, une *fonction décorative* : il s'agit d'un cadre géographique réaliste, de lieux familiers de Maupassant : Rouen, Paris, le Mont-Saint-Michel, la maison de Croisset, la Grenouillère... Que ce soit dans un cadre normand et/ou parisien, l'eau prédomine (on connaît la prédilection de Maupassant pour la mer et la Seine). On trouve aussi des lieux ouverts (la forêt, les bords de Seine, les rues...) et des lieux clos (la chambre, l'appartement de la cousine, l'hôtel).

Les lieux ont aussi une *fonction dramatique* : ce ne sont pas les simples éléments d'un décor ; ils jouent un rôle à part entière dans le récit et font avancer l'intrigue. Dans l'œuvre, ils déterminent l'alternance des phases d'accalmie et de panique du narrateur. Lors de ses quatre séjours à l'extérieur de sa propriété, il croit échapper à son mal mais à chaque fois, il ramène des preuves du fondement de sa psychose.

Enfin, on désigne par *fonction symbolique* des lieux, le fait qu'ils sont porteurs d'une charge signifiante qui prépare le lecteur aux drames à venir. Dans les œuvres de Maupassant, ils sont souvent ambivalents : la chambre du narrateur, par exemple, est d'abord un lieu sécurisant, dans lequel on a ses repères familiers, puis un lieu angoissant, une prison, un étau, un piège qui se referme sur le narrateur et duquel il faut finalement fuir. Les paysages humides sont, eux aussi, très symboliques : les vapeurs de l'eau brouillent les contours des choses et favorisent l'apparition du surnaturel...

Maupassant s'est toujours refusé la facilité d'élire pour cadre de ses récits les lieux traditionnels du fantastique. Ce dernier doit naître du réel : plus le lecteur est pris au piège de l'illusion réaliste, plus le fantastique peut se développer efficacement. La topologie du récit est rigoureuse, les espaces et les lieux sont transformés par l'écriture fantastique en de véritables actants.

3 Relevez et analysez les nombreuses figures de rhétorique (opposition, personnification, métaphore, parallélisme...). Quels effets visent-elles ?

4 Après une telle description (l. 171-207), le lecteur s'attend-il à la réponse du moine ? Pourquoi l'ascension du Mont-Saint-Michel ne mènera-t-elle pas le narrateur sur les voies du divin ?

5 En quoi la légende et la conversation avec le moine renvoient-elles au thème essentiel du récit ? Cherchez précisément les autres passages qui le développent.

6 Analysez la syntaxe, les figures de rhétorique, les rythmes utilisés des lignes 199 à 204. Dans quel registre s'inscrivent ces remarques ?

7 Comment le narrateur peut-il être guéri (l. 143) ? Montrez que cette excursion au Mont-Saint-Michel l'incite à remettre en cause les lois du monde et qu'elle marque une nouvelle étape sur la voie de l'aliénation mentale.

Écrire

Écrit fonctionnel

8 Le champ sémantique du mot « fantastique » est assez large. On trouve dans cet extrait de journal plusieurs occurrences de ce terme. Retrouvez-les et définissez-les suivant leur contexte.

Écrit d'invention

9 « Et le moine me conta des histoires, toutes les vieilles histoires de ce lieu, des légendes, toujours des légendes » (l. 176-177). En tenant compte des éléments de description évoqués dans la nouvelle, vous raconterez une légende relative au Mont-Saint-Michel.

Chercher

10 Retrouvez et comparez le spectacle du Mont-Saint-Michel, avec Avranches pour point de vue, dans deux autres œuvres de Maupassant : *La Légende du Mont-Saint-Michel* (1882) et *Notre cœur* (1890).

11 Retrouvez la légende du Mont-Saint-Michel dans l'œuvre du même nom et comparez ce récit avec celui du moine dans *Le Horla*.

12 Quels autres auteurs du XIXe siècle avant Maupassant ont puissamment évoqué le Mont-Saint-Michel ?

Oral

13 Quel est le type de lieu qui, aujourd'hui, évoque l'étrange, le mystère, la peur ? Étayez votre réponse à l'aide d'exemples précis puisés dans la littérature contemporaine, le cinéma, la peinture, le dessin...

DU 12 AU 21 JUILLET : L'ÉPISODE PARISIEN

Lire

1 Où se situe cet intermède parisien dans l'ensemble de la nouvelle ? Comptez le nombre de pages qui le précèdent et le nombre de pages qui le suivent.

2 Le 12 juillet : montrez que le narrateur prend du recul et adopte la technique du regard étranger pour juger sa situation. Quel rapport avec l'écriture d'un récit fantastique ?

3 Le 14 juillet : effectuez un rapprochement entre la description du peuple et la situation du narrateur. Montrez que le sens de ce passage va bien au-delà du pessimisme de Maupassant et d'une critique contre son temps.

4 Comparez l'attitude de la cousine sous hypnose à celle du narrateur possédé par le Horla.

5 Le 21 juillet : montrez que les lieux, même familiers et apaisants, ne peuvent divertir le narrateur. Quels sont les dangers qu'engendre l'insularité de la Grenouillère ?

6 Quelle est l'évolution de l'état d'esprit du narrateur au cours de son séjour parisien ? Que peut-on en déduire pour la suite de l'œuvre ?

7 Pourquoi Maupassant a-t-il ajouté cet épisode dans la seconde version du *Horla* ?

Chercher

8 Documentez-vous sur la pratique de l'hypnose à l'époque de Maupassant. L'expérience de Mme Sablé est-elle vraisemblable ?

9 Renseignez-vous sur le rayonnement de Bougival, du bal des canotiers et de la Grenouillère à la fin du XIXe siècle. Retrouvez dans la littérature et dans la peinture l'évocation de ces lieux mythiques.

Écrire

Écrit d'argumentation

10 Dans une lettre datée du 17 janvier 1877, Maupassant s'adresse à Paul Alexis en ces termes : « Soyons originaux [...]. Soyons l'origine de quelque chose. » Pensez-vous que ce principe d'écriture, cher à Flaubert (père spirituel de Maupassant), se vérifie dans la seconde version du *Horla* ?

Oral

11 Relisez les notes relatives au passage étudié et la biographie de Maupassant. Où l'auteur puise-t-il, en partie, la matière de son œuvre ? Que peut-on en déduire du processus de production d'un texte ?

À SAVOIR

LES SOURCES D'UNE ŒUVRE

L'œuvre littéraire est création, mais un auteur ne part jamais de rien. Maupassant inventait rarement le sujet de ses nouvelles, il les prenait dans des récits (*Apparition*, par exemple), des faits divers (un crime dans *La Main*), de grands débats qui défrayaient la chronique (le problème de la folie dans *Le Horla*). Sa vie, ses souffrances morales et physiques étaient, elles aussi, des sources d'inspiration privilégiées. Alors seulement, par le jeu de l'écriture et l'art de l'écrivain, la métamorphose pouvait se mettre en œuvre... L'Histoire aussi est un matériau de base très riche, car elle permet de s'interroger sur le présent à la lumière du passé (le conflit franco-prussien est évoqué dans *Boule de Suif* ou *Mademoiselle Fifi*). Les écrivains peuvent puiser dans la littérature elle-même le sujet de leurs ouvrages : ils pastichent en imitant fidèlement le style d'un autre ; ils parodient en changeant le genre, le registre, le langage, le cadre d'une œuvre célèbre dans le but de faire rire ; ils plagient s'ils s'attribuent indûment des passages d'un autre.

Maupassant, très conscient des problèmes posés par sa situation d'héritier, s'en explique dans *Le Roman* : « Après tant de maîtres aux natures si variées, au génie si multiple, que reste-t-il à faire qui n'ait été fait, que reste-t-il à dire qui n'ait été dit ? » L'originalité de Maupassant consistera donc, entre autres, à relativiser le culte flaubertien de la forme, à explorer l'intériorité et l'âme de ses personnages.

Quelquefois, les textes littéraires dialoguent entre eux. Certains lieux communs sont reconnaissables en dépit des variations, on les appelle alors des *topoï* (le thème du double, par exemple). L'*intertextualité* est très riche chez Maupassant car il reproduira souvent certains passages de ses textes dans de nouvelles œuvres, sans les modifier ou presque. Par exemple, l'épisode du miroir est relaté dans *Lettre d'un fou* et les deux versions du *Horla*.

DU 30 JUILLET AU 13 AOÛT : NOUVELLE ÉTAPE

SUR LE CHEMIN DE L'ALIÉNATION

Lire

1 Faites correspondre la journée du 2 août à une autre journée et observez les moments qui leur succèdent. Que pouvez-vous en déduire sur la construction de la nouvelle ?

2 Montrez que le journal alterne les phases de bien-être et de certitude avec les phases d'angoisse et de doute. Quel rapport y a-t-il avec le registre fantastique ?

3 Où, quand et sous quelle forme se manifeste la présence invisible ? Cela dénote-t-il un progrès de sa part ?

4 À quelle date importante de la vie de Maupassant correspond la journée de la pleine vision du Horla ? Quel sens pouvez-vous donner à cette remarque ?

5 Quelles sont les diverses désignations du Horla au cours de ces journées ? Que révèlent ces changements ?

6 En quoi peut-on dire que depuis le retour de Paris, l'existence du Horla a cessé d'être l'enjeu du récit et que la journée du 30 juillet inaugure une nouvelle étape dans l'acceptation de sa présence ?

7 Le 7 août : montrez et expliquez les raisons de l'omniprésence de l'élément liquide.

8 Par quels procédés d'écriture le narrateur tente-t-il de se convaincre que sa pensée est cohérente ? Vous serez attentif notamment au lexique, aux connecteurs logiques, aux temps des verbes et aux types de phrases utilisés.

9 Quel rapport entretient la syntaxe (l. 576-578) avec le thème de la volonté captive du narrateur ?

10 Du 8 au 13 août : analysez la progression du mal.

11 Pourquoi le rythme de la narration s'accélère-t-il à partir du 8 août ?

Écrire

Écrit fonctionnel

12 Cherchez dans le conte le passage correspondant à celui-ci et comparez les deux versions.

Écrit d'argumentation

13 Montrez que le journal, cette chronique au jour le jour qui semblait au départ la preuve de la lucidité du sujet sur lui-même, devient progressivement l'expression du naufrage de sa raison.

Écrit d'invention

14 Vous avez désiré fortement faire quelque chose et, malgré vous, vous n'y êtes pas parvenu. Racontez en veillant à ce que l'aspect formel de votre récit soit, lui aussi, révélateur de votre impuissance.

Chercher

15 De nombreux romans traitent du thème de l'invisibilité. Dans votre CDI, choisissez une de ces œuvres, lisez-la et comparez-la ensuite avec *Le Horla*.

Oral

16 Relevez, dans ce passage du journal, toutes les ellipses et expliquez précisément, journée après journée, les raisons de ce découpage temporel.

À SAVOIR

LE TEMPS ET SON TRAITEMENT NARRATIF

Les *ellipses* désignent le temps supprimé dans la chronologie du journal : les plus longues renvoient aux voyages et aux périodes d'apaisement du narrateur-personnage (du 2 juin au 2 juillet ; du 21 au 30 juillet). À l'inverse, l'écriture au jour le jour correspond aux moments de forte tension dramatique.

Les *pauses narratives* ou *descriptives* (le 8 mai, les 2, 14 et 21 juillet) dilatent le temps. Les descriptions de Rouen, du Mont-Saint-Michel, etc. sont des temps volontairement morts ; elles ralentissent le récit et ménagent le suspens.

La narration en quelques lignes de plusieurs heures ou journées, sans détails de paroles ou d'actions (les 2, 9, 10, 12 août, par exemple) accélère le récit.

Les scènes dont le rôle dans l'action est décisif sont largement évoquées ; elles dramatisent le récit : il s'agit du *temps vécu*. Elles correspondent aux grands événements insolites de l'intrigue : le dialogue avec le moine (le 2 juillet), la carafe vide (le 5 juillet), la séance d'hypnose (le 16 juillet), la tige cassée (le 6 août)...

Les *analepses* désignent les retours en arrière dans le récit ; le narrateur ne suit pas le déroulement linéaire des événements, mais se concentre sur des points névralgiques du récit, des souvenirs qui prouvent l'existence du Horla. Par exemple, le journal du 19 août évoque le trois-mâts brésilien du 8 mai. Il s'agit d'une véritable *mise en abyme*, d'un reflet fidèle du récit. Le personnage réalise l'importance et le sens *a posteriori* de scènes apparemment anodines. Toutes les pièces du puzzle se mettent en place. Cette construction savante reflète surtout le thème central du journal : le double. Mais c'est aussi une manière de faire adhérer le lecteur au point de vue du narrateur en ne laissant aucune zone d'ombre dans le récit.

Les modulations diverses du rythme narratif révèlent une écriture très concertée aux effets calculés et une dramatisation de l'écriture fantastique.

Lire

1 Il ne s'agit plus de refuser l'existence du Horla, fluide invisible qui se manifeste sans conteste, mais de lui tendre un piège. Lequel ? Pourquoi le narrateur souhaite-t-il tant le tuer, le mettre « hors-là » ?

2 Quelle est la portée du futur de l'indicatif (l. 814) ? Que laisse supposer le subjonctif plus-que-parfait (l. 823) ?

3 Observez la syntaxe, la nature des verbes, les énumérations et cherchez en quoi elles sont révélatrices de l'état d'esprit du narrateur (l. 814-820).

4 Pourquoi le narrateur utilise-t-il si fréquemment l'adjectif possessif et décrit-il si longuement sa chambre ? Reportez-vous à la journée du 8 mai pour étayer vos propos.

5 En relisant les passages précédents, relevez les différentes étapes de la « vampirisation » du narrateur. En quoi la perte de son reflet est-elle la plus grave ?

6 Comment expliquez-vous le recours si fréquent à la conjonction de coordination « et » (l. 833-841) ?

7 Cet épisode du miroir renvoie à un autre passage de l'œuvre où le narrateur est une nouvelle fois au cœur d'un jeu de glace. Retrouvez-le et expliquez cette mise en abyme.

8 Montrez que les manifestations successives du Horla se font toujours sous le signe de la transparence et de la liquidité.

9 Pourquoi les termes de « folie » et « d'hallucination » ne sont-ils plus utilisés par le narrateur ?

Écrire

Écrits d'invention

10 Dressez, à partir des renseignements précis que vous possédez à présent, le portrait physique et moral du Horla.

11 Imaginez un être fantastique. Donnez-lui un nom, une origine, un passé, un caractère… Puis, sous forme de récit, faites-le intervenir dans votre vie.

Chercher

12 Le thème du miroir et du reflet qu'il renvoie est récurrent dans l'œuvre de Maupassant. Comparez cet épisode du *Horla* avec celui de *Bel-Ami*, au chapitre 2, quand Duroy passe devant une glace et ne se reconnaît pas. Expliquez en quoi la scène est ici beaucoup plus pessimiste.

Oral

13 Comparez les pages 28 et 29 avec les pages 62 et 63. Quelles sont les analogies ? Quelles sont les différences ? Expliquez votre réponse.

14 Pourquoi le diariste évoque-t-il deux fois la journée du 19 août ?

À SAVOIR

LE DOUBLE

Cette impression de dissociation et de double identité est propre à l'homme de lettres de la fin du XIXe siècle qui éprouve des difficultés existentielles et ne parvient pas à situer nettement le Moi. *Le Horla* relate cette présence diffuse et évanescente de l'Autre qui rôde et devient un être à part entière, mystérieux, maléfique, qui prend place dans la vie, le sommeil, les pensées du héros, « devient [son âme] », puis l'absorbe totalement jusqu'à la destruction définitive : « Je tombai [...] raide et sans mouvement. »

Ce double est donc autre que le Moi, mais il n'est pas non plus un autre. Cette présence « étrangère », inquiétante ou hostile, se matérialise parfois et revêt l'apparence du narrateur. C'est le phénomène d'*autoscopie externe* défini comme une hallucination qui fait croire à l'individu qu'il se voit lui-même comme il verrait un étranger. L'auteur l'exprime en développant le thème du miroir qui reflète « l'Autre qui est en nous » (*Pierre et Jean*), ce mal que cherche à cacher le masque traditionnel.

Maupassant préfère le miroir parce qu'il évoque les contours flous et la liquéfaction. Le journal lui-même est un miroir : une même personne se dédouble en narrateur et en personnage, il y a le « je » qui a vécu l'événement et le « je » qui apparaît dans le journal.

Le dédoublement se traduit aussi par la structure binaire du récit : on trouve deux personnages, deux parties (la première jusqu'au retour de Paris, la seconde du 30 juillet à la fin), deux épisodes secondaires (le Mont-Saint-Michel et Paris) jusqu'à la dernière phrase où les termes sont doublés. Le redoublement de certains moments de l'histoire figure aussi le dédoublement de l'être.

Lire

Le Horla (1886)

1 Quelle est l'évolution de l'état d'esprit du docteur Marrande ? Comparez précisément le sens des toutes premières phrases du conte avec les dernières paroles prononcées par le personnage.

2 En quoi la structure du conte est-elle la parfaite illustration du message délivré par le narrateur fou ?

3 Expliquez le recours aux points de suspension des lignes 317 et 318 (p. 29).

Le Horla (1887)

4 Comparaison de la journée du 8 mai avec celle du 10 septembre : à quoi correspond la ligne pointillée (l. 863) ?

5 Quand commence et quand finit l'histoire ? Montrez que la nuit est de plus en plus importante dans le récit. Pourquoi ?

6 Dans quel lieu et dans quelle position se trouve le narrateur au début et à la fin de la nouvelle ? Que révèlent ces différences ?

7 Décrivez son état d'esprit lors de ces deux journées. Analysez les déterminants et montrez que cette solution radicale présente un véritable sacrifice pour le narrateur. Vous effectuerez un rapprochement avec le registre fantastique et l'aliénation du personnage.

8 La perception du paysage le 8 mai et le 10 septembre : que voit le narrateur ? En quoi y a-t-il érotisation du spectacle à la dernière page ? Quelles sont les couleurs dominantes ? Que connotent-elles ? Qu'entend le narrateur ? Que sent-il ? Mettez en valeur l'inversion de la situation.

9 Quels sont les éléments (l'eau, l'air, le feu, la terre) qui dominent dans chaque situation ? Expliquez votre réponse. Pourquoi le héros a-t-il recours au feu pour tuer le Horla alors que celui-ci se rapproche d'une « liquidité insaisissable » ?

10 Comment le Horla s'introduit-il dans la vie du narrateur au début de la nouvelle et qu'advient-il de lui à la fin ? Que laisse supposer l'éclatement des fenêtres « sous la poussée de l'incendie » ? Cette lutte a-t-elle fait évoluer la situation ?

11 Que révèle l'oubli des domestiques ? Montrez que le héros est devenu étranger aux autres et à lui-même.

12 Dans les deux derniers paragraphes de l'œuvre, comment le héros exprime-t-il son trouble ? En quoi est-ce un signe manifeste de la présence du Horla ?

Écrire

Écrit d'argumentation

13 Comment expliquez-vous que *Le Horla* de 1887 soit l'une des œuvres les plus célèbres de Maupassant ?

Écrit d'invention

14 En tenant compte des éléments d'interprétation dégagés précédemment, racontez ce que pourrait être la journée du 11 septembre pour le héros de la seconde version du *Horla*. Vous veillerez à respecter le registre fantastique du récit.

Chercher

15 Reportez-vous à l'analyse du contexte de l'œuvre et montrez que les deux versions du *Horla* illustrent point par point l'état d'esprit de la fin du XIXe siècle.

Oral

16 À votre avis, quelle est la version du *Horla* la plus pessimiste ?

À SAVOIR

LE FANTASTIQUE DE MAUPASSANT

Le mot « fantastique » signifie étymologiquement « imaginaire » mais chez Maupassant, il n'apparaît ni comme l'expression de certains aspects surprenants de la nature ni comme des instants extraordinaires. Il désigne une conception du monde. Le premier *Horla* annonce les temps futurs ; il témoigne du fait que le monde sera détruit et il s'inscrit ainsi dans les grandes utopies du XIXe siècle. Il s'agit de faire échec à la Création par le biais d'un nouveau monde à venir. « Jeter les âmes dans l'hésitation », enseigner les vertus du doute global : tel est l'objectif du fantastique pour Maupassant. Ce fou l'est-il vraiment ? Comment ne pas croire l'authenticité des paroles de cet homme puisqu'un « illustre » aliéniste leur accorde du crédit et admet la possibilité de l'existence d'un être surnaturel insaisissable à nos sens.

Le conte est pessimiste mais la nouvelle est nihiliste : elle rejette l'idée d'une issue pour l'homme. Elle résonne comme un cri jailli du plus profond du dedans. Un être, symbole du genre humain, perd pied peu à peu, menacé puis dominé et enfin possédé par « l'Être » invisible. Le journal se clôt sur une révélation : détruire son corps puisque son âme est morte.

LE DOUBLE

La première littérature fantastique a largement exploité le thème de la dualité et de l'affrontement entre Dieu et Satan. Dans les œuvres fantastiques, celui qui incarne le Mal, le « Grand Tentateur », se nomme Lucifer, Belzébuth, Méphisto et il n'a de cesse de vouloir ravir l'âme du héros.

Mais au XIXe siècle, dans la littérature, le *dualisme* cède du terrain au *double.* Les écrivains approfondissent de plus en plus l'enquête psychologique. Les aliénistes font des recherches sur l'autoscopie externe, délire qui consiste à se voir comme si l'on était à l'extérieur de soi. Le dédoublement devient une constante littéraire ; inauguré au début du siècle par les Allemands, de nombreux auteurs imprégnés de cette littérature romantique exploiteront ce thème du double. Nerval, dans *Aurélia,* lui donnera une dimension métaphysique ; Musset et Green combleront l'atroce déperdition de soi par la figure d'un « Autre » complémentaire ; le conteur Andersen, tout comme Maupassant, en seront le symptôme clinique de la schizophrénie du héros.

Ce thème double, s'il inspire les écrivains, inspire également les critiques littéraires qui analysent le traitement qui en est fait.

Les textes littéraires

Gérard de Nerval (1808-1855)

Aurélia ou le rêve et la vie (paru inachevé en 1865)

C'est le dernier ouvrage de Nerval rédigé dans un de ses éclairs de lucidité. Adrienne, image de l'amour unique pour le poète, va revêtir cette fois l'apparence d'Aurélia. Mais c'est avant tout le chemin des secrets de l'âme humaine que le poète, à l'instar de Dante, va emprunter dans son œuvre. Le sentiment du double évoqué ici prend ses sources dans l'ancienne religion iranienne, le manichéisme, et reflète l'idée que la vie serait un équilibre entre « la fange et la lumière » (Tristan l'Hermite). Tout déséquilibre entre ces deux forces tirerait l'homme vers la mort.

Je ne sais comment expliquer que, dans mes idées, les événements terrestres pouvaient coïncider avec ceux du monde surnaturel, cela est plus facile à sentir qu'à énoncer clairement. Mais quel était donc cet esprit qui était moi et en dehors de moi ? Était-ce le double des légendes, ou ce frère mystique que les Orientaux appellent Ferouër ? N'avais-je pas été frappé de l'histoire de ce chevalier qui combattit toute une nuit dans une forêt contre un inconnu qui était lui-même ? Quoi qu'il en soit, je crois que l'imagination humaine n'a rien inventé qui ne soit vrai, dans ce monde ou dans les autres, et je ne pouvais douter de ce que j'avais vu si distinctement.

Une idée terrible me vint : « l'homme est double », me dis-je – « Je sens deux hommes en moi » a écrit un Père de l'Église – Le concours de deux âmes a déposé ce germe mixte dans un corps qui lui-même offre à la vue deux portions similaires reproduites dans tous les organes de sa

structure. Il y a en tout homme un spectateur et un acteur, celui qui parle et celui qui répond. Les Orientaux ont vu là deux ennemis : le bon et le mauvais génie. « Suis-je le bon ? suis-je le mauvais ? me disais-je. En tout cas *l'autre* m'est hostile… Qui sait s'il n'y a pas telles circonstances ou tel âge où ces deux esprits se séparent ? Attachés au même corps tous deux par une affinité matérielle, peut-être l'un est-il promis à la gloire et au bonheur, l'autre à l'anéantissement ou à la souffrance éternelle ? ».

Alfred de Musset (1810-1857)

La Nuit de décembre (1835)

C'est de sa douloureuse passion pour Georges Sand que sont nées *Les Nuits*, véritables chroniques sentimentales. Mais Musset a pu puiser le thème de la mystérieuse apparition du double dans ses propres hallucinations. L'expression poétique du drame passe souvent, chez lui, par la forme de dédoublements fictifs. *La Nuit de décembre* évoque la solitude d'un individu qui, pour combler l'atroce sensation de déperdition de soi, crée l'« Autre », « le frère ».

Qui donc es-tu, spectre de ma jeunesse,
Pèlerin que rien n'a lassé ?
Dis-moi pourquoi je te trouve sans cesse
Assis dans l'ombre où j'ai passé.
Qui donc es-tu, visiteur solitaire,
Hôte assidu de mes douleurs ?
Qu'as-tu donc fait pour me suivre sur terre ?
Qui donc es-tu, qui donc es-tu, mon frère,
Qui n'apparais qu'au jour des pleurs ?

LA VISION

[…] Je ne suis ni dieu ni démon,
Et tu m'as nommé par mon nom
Quand tu m'as appelé ton frère ;
Où tu vas, j'y serai toujours,
Jusques au dernier de tes jours,
Où j'irai m'asseoir sur ta pierre.
Le ciel m'a confié ton cœur.
Quand tu seras dans la douleur,
Viens à moi sans inquiétude.
Je te suivrai sur le chemin ;
Mais je ne puis toucher ta main,
Ami, je suis la Solitude.

Julien Green (1900-1998)

Le Voyageur sur la terre (1930)

Daniel O'Donovan est retrouvé mort au bas d'une falaise. On récupère le cahier dans lequel le jeune homme relate sa vie. C'est à son arrivée à l'université, alors qu'il se sent abandonné de tous, que Daniel rencontre Paul, un garçon de son âge, très étrange, qui se mêle de tout, qui, peu à peu, vampirise ses jours et ses nuits et le mène au suicide… À la fin du cahier, quelques témoignages viennent éclairer et compléter ce récit. Ici, comme dans *Le Horla*, le double est la représentation imaginaire d'un désir refoulé, mais aussi le symbole de l'éclatement de la personne, entre un sujet écrit (le héros) et le sujet écrivant (l'auteur).

Paul était assis devant moi. Lorsque je laissai retomber les mains, je le vis avec la même lucidité que j'avais eue tout à l'heure en me voyant dans le miroir. Mais je ne parviens pas à le décrire et tous les mots qui me viennent à l'esprit me semblent inexacts ou insuffisants quand j'essaie de les appliquer à lui. Ses traits sont irréguliers et massifs ; cependant il y a quelque chose de si singulier dans son regard. Quelque chose de si calme et de si terrible qu'il semble que son visage rayonne. Je sens qu'il ne peut ni se tromper ni faire le mal. Je sens de plus que, sans me mépriser, il voit toute la faiblesse qu'il y a en moi, et qu'il est seul à pouvoir me guider. […]

(*Le manuscrit prend fin sur ces mots. Voici maintenant des lettres ou fragments de lettres qui mettront en lumière, peut-être, certaines parties obscures du récit de Daniel O'Donovan*). […]

Il est également certain que le personnage qu'il nomme Paul est la création d'un esprit troublé, car les personnes qui ont connu Daniel O'Donovan s'accordent pour dire qu'il était toujours seul. Mais le plus étonnant de l'histoire n'est pas là. Vous saurez que le malheureux a cru recevoir un billet de celui qu'il appelle Paul ; je dis *cru* recevoir ce billet, parce qu'en réalité il l'avait écrit lui-même, sans se rendre compte de ce qu'il faisait. N'est-ce pas là ce qu'on appelle *l'écriture automatique*?

Hans Christian Andersen (1805-1875)

L'Ombre (1835)

Andersen fut hanté toute sa vie par le thème du double, illustré systématiquement dans chacun de ses contes. Ici, le héros perd son double sous les Tropiques car il désire un objet inaccessible, au-delà du balcon d'en face. Mais alors il lui faut à tout prix un double amoindri. Peu à peu une bataille va être menée pour le contrôle de l'identité commune. S'ensuit la défaite finale du Moi.

L'étranger, un soir, était assis sur son balcon, la lumière était allumée dans la pièce, derrière lui, et il était donc tout naturel que son ombre allât sur le mur d'en face ; elle était juste au-dessus des fleurs du balcon, et lorsque l'étranger bougeait, l'ombre bougeait aussi, car l'ombre peut remuer.

« Je crois que mon ombre est le seul être vivant que l'on voit là-bas ! dit le savant. Comme elle paraît nette au milieu des fleurs ! La porte est entrebâillée, l'ombre devrait avoir l'adresse de pénétrer à l'intérieur, observer autour d'elle et venir me raconter ce qu'elle aurait vu ! Oui, tu ferais du bon travail, dit-il en plaisantant ; je t'en prie, entre donc ! Allons, y vas-tu ? »

Et il fit un signe de tête à l'ombre, qui fit un signe à son tour.

« Eh bien, va, mais n'y reste pas ! »

L'étranger se leva, et l'ombre, sur le balcon d'en face, se leva aussi ; l'étranger se tourna, et l'ombre se tourna aussi ; si quelqu'un y avait bien fait attention, il aurait pu voir nettement que l'ombre entrait par la porte du balcon d'en face au moment où l'étranger pénétrait dans sa chambre et laissait le rideau retomber derrière lui.

Le lendemain matin, l'étranger sortit pour prendre son café et lire les journaux.

« Qu'est-ce que c'est, dit-il, quand il fut dehors au soleil, je n'ai pas d'ombre ! Elle y est donc vraiment allée hier soir, et elle n'est pas revenue ; c'est ennuyeux ! »

[…] C'était vexant, mais dans les pays chauds, tout pousse très vite, et au bout de huit jours, à sa grande satisfaction, il s'aperçut qu'il lui poussait une nouvelle ombre, à partir de ses jambes, quand il était au soleil ; […] des années passèrent ; beaucoup d'années.

Un soir, il est assis dans son salon, et l'on frappe tout doucement à la porte.

« Entrez ! » dit-il.

Mais personne n'entre ; il va ouvrir, se trouve devant un homme d'une maigreur extraordinaire et reste interdit. […]

« À qui ai-je l'honneur de parler ? demanda le savant.

– Oui, c'est bien ce que je pensais, dit le monsieur élégant, que vous ne me reconnaîtriez pas ! J'ai tellement pris de corps, j'ai vraiment acquis de la chair et des vêtements. Vous n'auriez sans doute jamais pensé me voir si florissant. Vous ne reconnaissez pas votre vieille ombre ? [...]

– Non, vraiment, c'est toi ? dit le savant. C'est tout à fait curieux ! Jamais je n'aurais cru que la vieille ombre de quelqu'un pourrait revenir sous une forme humaine.

Les textes critiques

Louis Forestier (1931)

« Introduction » aux *contes et nouvelles* de Maupassant, Bibliothèque de La Pléiade (1974).

Le Horla est postulé, dès l'origine, par la structure de l'œuvre : il est l'image de ce qui aliène nécessairement l'homme quand il n'objective pas des valeurs authentiques. Il est celui qui vient quand l'homme n'est plus qu'une chose vide : c'est celui que la terre attend, après l'homme ! Celui qui vient nous détourner, nous asservir, nous dompter et se nourrir de nous peut-être.

Il n'est plus alors question de rattacher Maupassant à toutes sortes de traditions du fantastique ; d'en faire seulement l'un des multiples illustrateurs du thème du double, après Musset, Poe ou Hoffmann.

Ou plutôt, il est le chantre exemplaire du thème : loin d'y trouver un ornement esthétique et emprunté, il le vit comme un mal métaphysique de l'être.

Ce qui peut entretenir la confusion, c'est d'une part, une étrange connivence entre la vie de l'homme et la vie de l'œuvre, et d'autre part, l'admirable forme artistique qu'il donne à l'écriture de cette folie.

Paul Morand (1888-1976)

Vie de Guy de Maupassant (1942)

Plus Maupassant chemine dans le fantastique, plus il progresse dans l'irréel et plus il serre de près la réalité, sa réalité propre, car de plus en plus, ses contes sont composés d'observations très exactement faites sur lui-même. Avec une lucidité prodigieuse, ce cerveau qui se liquéfiait lentement notait tout, depuis les premiers phénomènes d'autoscopie externe (dédoublement) jusqu'aux grands délires ; ce n'est pas lui qui va vers l'horrible, c'est l'horrible qui vient vers lui.

Otto Rank (1884-1939)

Don Juan et Le Double (1914)

L'assassinat si fréquent du Double par lequel le héros cherche à se garantir contre les persécutions de son propre Moi, n'est pas autre chose qu'un suicide sous la forme indolore de la mort d'un autre Moi. Cet acte donne à son auteur l'illusion inconsciente qu'il s'est séparé d'un Moi mauvais et blâmable, illusion du reste qui paraît être la condition de chaque suicide. Le personnage qui veut se suicider ne peut pas écarter par un suicide direct la peur de la mort que provoque en lui le danger qui menace son narcissisme. Il a bien recours à l'unique libération possible, le suicide, mais il est incapable de l'exécuter autrement qu'en tuant le fantôme du Double redouté et haï. Il aime trop son Moi, il l'estime trop pour lui faire du mal ou pour réaliser l'idée de sa destruction. Un individu présentant une telle disposition narcissique ne peut plus quitter une certaine phase à laquelle est arrivé son Moi. Cette disposition le poursuit toujours et partout et commande à ses actions. Le double se montre alors comme signification subjective de ce fait psychologique.

BIBLIOGRAPHIE

• Œuvres de Maupassant
– *Contes et nouvelles*, Bibliothèque de la Pléiade, tomes I et II, 1974.
– *Une vie*
– *Bel-Ami*
– *Mont-Oriol*
– *Pierre et Jean*
– *Fort comme la mort*
– *Notre cœur*

• Œuvres sur la vie de Maupassant
– René Dumesnil, *Guy de Maupassant*, Armand Colin, 1933.
– Armand Lanoux, *Maupassant, le Bel-Ami*, Fayard, 1967.
– Henri Troyat, *Maupassant*, Flammarion, 1989.
– Paul Morand, *Vie de Guy de Maupassant*, Flammarion, 1981.

• Œuvres critiques sur Maupassant
– Marie-Claire Bancquart, *Maupassant conteur fantastique*, Archives des lettres modernes, n° 163, 1976.
– André Vial, *Guy de Maupassant et l'art du roman*, Nizet, 1954.
– Pierre Cogny, *Le Maupassant du Horla*, Minard, coll. « Avant-siècle », 1970.
– Mariane Bury, *La poétique de Maupassant*, Sedes, 1994.

• Articles sur Maupassant
– Louis Forestier, « Retour à Maupassant », *La quinzaine littéraire*, avril 1972.
– « Maupassant », *Le Magazine littéraire*, numéros spéciaux janvier 1980 et mai 1993.

• Œuvres critiques sur le fantastique
– Roger Caillois, *Anthologie du fantastique*, Gallimard, 1967.
– Pierre-Georges Castex, *Le Conte fantastique en France de Nodier à Maupassant*, Corti, 1951.
– Pierre-Georges Castex, *Anthologie du conte fantastique français*, Corti, 1987.
– Tzvetan Todorov, *Introduction à la littérature fantastique*, Le Seuil, 1970.

FILMOGRAPHIE

– *La Chevelure*, de Ado Kyrou, 1961.
– *Le Horla*, de Jean-Daniel Pollet, 1966.
– *Le Horla (Diary of a mad man)*, de Reginald Le Borg, 1962.

CHERCHER SUR INTERNET

– http ://www.maupassant.free.fr
– http ://www.ifrance.com/Curiositas/Litterature/GuyDeMaupassant/Presentation.html
– http ://www. France.diplomatie.fr/culture/France/biblio/folio/maupassant/
– http ://users.swing.be/bn/Maupassant/

VISITES

– Le Château de Miromesnil où vécut Maupassant.
Château de Miromesnil
76 550 Tourville-sur-Arques
Tel/fax : 02 35 85 02 80
Visites du 27/04 au 29/09 tous les jours sauf les mardis non fériés de 14h à 18h.

Classiques & Contemporains

SÉRIES COLLÈGE ET LYCÉE

1 **Mary Higgins Clark,** *La Nuit du renard*
2 **Victor Hugo,** *Claude Gueux*
3 **Stephen King,** *La Cadillac de Dolan*
4 **Pierre Loti,** *Le Roman d'un enfant*
5 **Christian Jacq,** *La Fiancée du Nil*
6 **Jules Renard,** *Poil de Carotte* (comédie en un acte), suivi de *La Bigote* (comédie en deux actes)
7 **Nicole Ciravégna,** *Les Tambours de la nuit*
8 **Sir Arthur Conan Doyle,** *Le Monde perdu*
9 **Poe, Gautier, Maupassant, Gogol,** *Nouvelles fantastiques*
10 **Philippe Delerm,** *L'Envol*
11 *La Farce de Maître Pierre Pathelin*
12 **Bruce Lowery,** *La Cicatrice*
13 **Alphonse Daudet,** *Contes choisis*
14 **Didier van Cauwelaert,** *Cheyenne*
15 **Honoré de Balzac,** *Sarrazine*
16 **Amélie Nothomb,** *Le Sabotage amoureux*
17 **Alfred Jarry,** *Ubu roi*
18 **Claude Klotz,** *Killer Kid*
19 **Molière,** *George Dandin*
20 **Didier Daeninckx,** *Cannibale*
21 **Prosper Mérimée,** *Tamango*
22 **Roger Vercel,** *Capitaine Conan*
23 **Alexandre Dumas,** *Le Bagnard de l'Opéra*
24 **Albert t'Serstevens,** *Taïa*
25 **Gaston Leroux,** *Le Mystère de la chambre jaune*
26 **Éric Boisset,** *Le Grimoire d'Arkandias*
27 **Robert Louis Stevenson,** *Le Cas étrange du Dr Jekyll et de M. Hyde*
28 **Vercors,** *Le Silence de la mer*
29 **Stendhal,** *Vanina Vanini*
30 **Patrick Cauvin,** *Menteur*
31 **Charles Perrault, Mme d'Aulnoy, etc.,** *Contes merveilleux*
32 **Jacques Lanzmann,** *Le Têtard*
33 **Honoré de Balzac,** *Les Secrets de la princesse de Cadignan*

34 **Fred Vargas,** *L'Homme à l'envers*
35 **Jules Verne,** *Sans dessus dessous*
36 **Léon Werth,** *33 Jours*
37 **Pierre Corneille,** *Le Menteur*
38 **Roy Lewis,** *Pourquoi j'ai mangé mon père*
39 **Charles Baudelaire,** *Les Fleurs du Mal*
40 **Yasmina Reza,** *« Art »*
41 **Émile Zola,** *Thérèse Raquin*
42 **Éric-Emmanuel Schmitt,** *Le Visiteur*
43 **Guy de Maupassant,** *Les deux Horla*
44 **H. G. Wells,** *L'Homme invisible*
45 **Alfred de Musset,** *Lorenzaccio*
46 **René Maran,** *Batouala*
47 **Paul Verlaine,** *Confessions*
48 **Voltaire,** *L'Ingénu*
49 **Sir Arthur Conan Doyle,** *Trois Aventures de Sherlock Holmes*
50 *Le Roman de Renart*
51 **Fred Uhlman,** *La lettre de Conrad*
52 **Molière,** *Le Malade imaginaire*
53 **Vercors,** *Zoo ou l'assassin philanthrope*
54 **Denis Diderot,** *Supplément au Voyage de Bougainville*
55 **Raymond Radiguet,** *Le Diable au corps*
56 **Gustave Flaubert,** *Lettres à Louise Colet*
57 **Éric-Emmanuel Schmitt,** *Monsieur Ibrahim et les fleurs du Coran*
58 **George Sand,** *Les Dames vertes*
59 **Anna Gavalda, Dino Buzzati, Julio Cortázar, Claude Bourgeyx, Fred Kassak, Pascal Mérigeau,** *Nouvelles à chute*
60 **Maupassant,** *Les Dimanches d'un bourgeois de Paris*
61 **Éric-Emmanuel Schmitt,** *La Nuit de Valognes*
62 **Molière,** *Dom Juan*
63 **Nina Berberova,** *Le Roseau révolté*
64 **Marivaux,** *La Colonie* suivi de *L'Île des esclaves*
65 **Italo Calvino,** *Le Vicomte pourfendu*
66 *Les Grands Textes fondateurs*
67 *Les Grands Textes du Moyen Âge et du XVIe siècle*
68 **Boris Vian,** *Les Fourmis*
69 *Contes populaires de Palestine*
70 **Albert Cossery,** *Les Hommes oubliés de Dieu*
71 **Kama Kamanda,** *Les Contes du Griot*

72 **Bernard Werber,** *Les Fourmis* (Tome 1)
73 **Bernard Werber,** *Les Fourmis* (Tome 2)
74 **Mary Higgins Clark,** *Le Billet gagnant et deux autres nouvelles*
75 *90 poèmes classiques et contemporains*
76 **Fred Vargas,** *Pars vite et reviens tard*
77 **Roald Dahl, Ray Bradbury, Jorge Luis Borges, Fredric Brown,** *Nouvelles à chute 2*
78 **Fred Vargas,** *L'Homme aux cercles bleus*
79 **Éric-Emmanuel Schmitt,** *Oscar et la dame rose*
80 **Zarko Petan,** *Le Procès du loup*
81 **Georges Feydeau,** *Dormez, je le veux !*
82 **Fred Vargas,** *Debout les morts*
83 **Alphonse Allais,** *À se tordre*
84 **Amélie Nothomb,** *Stupeur et Tremblements*
85 *Lais merveilleux des XIIe et XIIIe siècles*
86 *La Presse dans tous ses états – Lire les journaux du XVIIe au XXIe siècle*
87 *Histoires vraies – Le Fait divers dans la presse du XVIe au XXIe siècle*
88 **Nigel Barley,** *L'Anthropologie n'est pas un sport dangereux*
89 **Patricia Highsmith, Edgar A. Poe, Guy de Maupassant, Alphonse Daudet,** *Nouvelles animalières*
90 **Laurent Gaudé,** *Voyages en terres inconnues – Deux récits sidérants*
91 **Stephen King,** *Cette impression qui n'a de nom qu'en français et trois autres nouvelles*
92 **Dostoïevski,** *Carnets du sous-sol*
93 **Corneille,** *Médée*
94 **Max Rouquette,** *Médée*
95 **Boccace, E.A. Poe, P.D. James, T.C. Boyle, etc.,** *Nouvelles du fléau – Petite chronique de l'épidémie à travers les âges*
96 *La Résistance en prose – Des mots pour résister*
97 *La Résistance en poésie – Des poèmes pour résister*

SÉRIES ANGLAIS

1 **Roald Dahl,** *Three Selected Short Stories*
2 **Oscar Wilde,** *The Canterville Ghost*
3 **Allan Ahlberg,** *My Brother's Ghost*
4 **Saki,** *Selected Short Stories*
5 **Edgar Allan Poe,** *The Black Cat, suivie de The Oblong Box*
6 **Isaac Asimov,** *Science Fiction Stories*
7 **Sir Arthur Conan Doyle,** *The Speckled Band*
8 **Truman Capote,** *American Short Stories*

NOTES PERSONNELLES

NOTES PERSONNELLES

NOTES PERSONNELLES

NOTES PERSONNELLES

Couverture
Conception graphique : Marie-Astrid Bailly-Maître
Choix iconographique : Klara Corvaisier
Illustration : Michèle Ferri
Intérieur
Conception graphique : Marie-Astrid Bailly-Maître
Réalisation : Nord Compo, Villeneuve-d'Ascq
Édition : Anne-Sophie Pawlas

www.magnard.fr

Achevé d'imprimer en octobre 2008 par Aubin Imprimeur
N° d'éditeur : 2008/356 - Dépôt légal juin 2002 - N° d'impression L 72571
Imprimé en France